Gloynnod

Sonia Edwards

Gwasg
Gwynedd

Argraffiad Cyntaf — Tachwedd 1995

© Sonia Edwards 1995

ISBN 0 86074 120 6

Dymuna'r cyhoeddwyr gydnabod cymorth
Adran Ddylunio Cyngor Llyfrau Cymru.

*Cyhoeddwyd ac argraffwyd
gan Wasg Gwynedd, Caernarfon.*

Cynnwys

I
Rhys

Diolchiadau

Hoffwn ddiolch i'r Cyngor Llyfrau Cymraeg am eu cefnogaeth ac i bawb yng Ngwasg Gwynedd am eu gwaith glân a manwl.

SONIA EDWARDS

Gloynnod

Seddi capel a'r rheiny'n oer, oer ac yn llithrig fel gwydr. Gweld yr haul fel cysgod melyn tu allan i'r ffenestri hir ac yn cael ei wthio yn ei ôl gan gymylau o chwareli patrymog. Ond does dim gwahaniaeth. Llefydd oer ydi capeli i fod, oer a distaw a pharchus a hen. Hen a llonydd, 'run fath â'r fynwent lle mae Taid a'r paent aur cogio'n plicio'n araf oddi ar y llythrennau ar y garreg: 'Yr hyn a allodd hwn, efe a'i gwnaeth.' A'r baw adar yn strempiau hir, brith ar y marmor du.

Mae Mam yn penlinio'n llafurus, yn gwagio'r dŵr budr drwy'r tyllau yn y pot. Daw dau bry' copyn o'r cilfachau, eu blew o goesau'n crafangu'n gyflym hyd ochr y garreg. Hen liw brown, rhydlyd sydd arnyn nhw, yr un fath â'r dŵr. Maen nhw fel clystyrau o hen binnau ar gerdded.

'Dos â'r rhain i'w lluchio at y giât, 'nei di?'

Slwj o bapur newydd gwlyb a choesau hen flodau. Mae'r print yn colli oddi ar y papur, yn duo fy mysedd i fel clais a gallaf deimlo'r glaswellt yn tampio blaenau f'esgidiau. Mi fuon ni i mewn, gynnau, yn gosod y blodau erbyn fory. Crysanths mawr, crwn a'r rheiny'n dal ac yn grand ac yn debyg i ferched mewn hetiau. Maen nhw'n goleuo'r Sêt Fawr fel jygiad o lolipops lemon wrth i chi edrych arnyn nhw o'r cefn, o'r seti ambarél lle byddan ni'n dwy'n arfer eistedd.

'Dim ond y bobol fawr sy'n cael dŵad â chlustog i ista arni, ia?'

'Paid â rwdlian, hogan!' Mae'i llais hi'n brathu ond mae'i llygaid hi'n gwenu, eu corneli nhw'n crychu'r mymryn lleiaf. Dim ond ychydig o glustogau sydd 'na — yma ac acw, yn gnotiau bach o liw, fel blodau eu hunain. Y rhai melfed, coch ydi'r gorau gen i. O bell maen nhw'n edrych fel lympiau o waed. Pam na chawn ni glustog? Dydan ninnau ddim yn dlawd, nac ydan? Mi fasen ni'n medru dod â hi ar ddydd Sadwrn wrth ddod i osod blodau a fuasai yna neb damaid callach. Ambell waith, yn y gaeaf, mae'r sedd fel darn o lechen â'i hoerni'n gwasgu'i hun drwy 'nillad i.

'Stedda ar dy lyfr hyms — rhag ofn i ti ga'l oerfel,' meddai Mam. Mi fydd hi'n gwneud hynny, yn llithro'r llyfr canu'n gelfydd o dan ei phen ôl am ei bod hi'n cael peils. Ond mae gen i ormod o gywilydd, ofn i rywun weld. Mae O'n siŵr o fod yn sbio, yn gwgu i lawr o'i entrychion ar yr hetiau a'r corunnau moel ac yn gwbod 'mod i eisiau pî-pî. Mae O'n gweld pawb yn gwneud pob dim, meddai Mam, ac mae hynny'n fy mhoeni i ers tro. Rydw i'n dal y peth da mint yn yr un lle yn fy ngheg nes ei fod o'n mynd yn boethach ac yn boethach ac yn gludio'n galed yn erbyn fy moch. Tybed ydi O'n gweld trwy fochau pobol hefyd? Mae'n debyg Ei fod O, 'run fath â ddaru nhw hefo Taid ym Mangor, sbio trwy'i frest o cyn iddo fo farw a dweud ei bod hi'n ddrwg ganddyn nhw. Ac Yncl Ifan yn mynd â Nain a Mam a finnau i gaffi am de a neb yn medru bwyta, ac roedd wyneb Nain yn wyn, wyn a'i thrwyn hi'n flodiog fel y siwgwr eisin ar y teisennau bach. Yn y gaeaf yr oedd hynny hefyd.

Mae hi'n wanwyn rŵan, bron iawn, a'r haul yn gynnes ar fy nghorun i. Haul llwynog ydi o. Rydw i'n lecio'r disgrifiad, yn lecio meddwl am yr haul fel llwynog, yn sbecian arnan ni rhwng y cymylau fel Siân Slei Bach yn *Llyfr Mawr y Plant*. 'Haul Huw Ŵan' fyddai Taid yn ei alw fo a phan fydda innau'n holi pwy ydi o, yr Huw Ŵan 'ma sydd piau'r haul, does yna neb byth yn ateb. Maen nhw'n cymryd arnyn wrtha i 'mod i'n holi pethau gwirion ac yn troi'n ôl at eu sgwrs eu hunain. Dydw i ddim yn meddwl fod gan neb fawr o glem pwy ydi o, go iawn. Mae yna Huw Ŵan sydd yn flaenor yn y capel ond fedar o ddim bod yn hwnnw. Fydda i byth yn meddwl am yr haul pan fydda i'n edrych arno fo, dim ond am law a gwlybaniaeth, ac mae'r rhychau ar ei wyneb o'n llwyd fel prynhawn o niwl.

Mae'n traed ni'n dwy'n cnoi drwy'r gerrig gwynion. Wrth i ni adael cysgod y fynwent a chroesi cowt y capel mae hi'n oerach ond dydw i ddim yn cyfaddef. Mae hi wedi gadael i mi wisgo sanau pen glin am y tro cyntaf eleni ac os cwyna i rŵan mi ddaw'r teits tywyll, pigog yn eu holau o'r drôr. Felly ddyweda i ddim byd. Mae'n well gen i deimlo'r awel yn anadlu o gwmpas fy nghluniau. Rydw i'n gafael yn ei llaw hi. Mae croen ei dwylo hi'n feddal fel lledr hen fenyg. Dydyn nhw ddim fel dwylo Nain. Mae'r rheiny'n fychan, fel rhai plentyn. Gallaf wisgo menyg Nain heb iddyn nhw edrych yn od o fawr. Mi fydda i'n stwffio papur sidan weithiau i'w blaenau nhw er mwyn smalio bod gen i fysedd hir. Dydw i ddim yn deall pam na chytunith Mam i ni fynd at Nain i fyw rŵan gan nad ydi 'nhad ddim yn dod yn ei ôl.

Mi gawn ni grempog i de heddiw o achos fod Emlyn

Meini Gwynion wedi gadael wyau i ni neithiwr tra oedden ni draw yn nhŷ Nain. Roedden nhw yno ar lechen y ffenest, yr un fath ag arfer, mewn cwd papur ail-law a briwsion bach caled o faw ieir wedi disgyn i'w waelod o. Does yna neb yn y byd fedar wneud crempog fel mae Mam yn ei gwneud hi. Ddim hyd yn oed Nain. Mae hynny'n rhyfedd gen i braidd gan ei bod hi'n debyg mai oddi ar Nain y dysgodd Mam yn y lle cyntaf. Mae'r gegin wedi cadw'i gwres ac mae lliain sychu llestri glân wedi'i daenu dros y ddysgl lle mae'r cymysgedd melyn o flawd ac ŵy. Rhaid rhoi lliain sychu llestri dros bopeth sy'n cael ei adael ar led ymyl rhag i'r gath fynd iddo fo, er ein bod ni'n gwybod yn iawn bellach nad eith hi byth am ei bod hi'n rhy hen ac yn rhy ddiog ac yn rhy swrth i falio. Mae hi'n agor un llygad arnan ni rŵan o'i lloches yn y alcof lle mae'r stof oel ond mae'i hamrannau hi'n araf, yn drwm dan gyffur y gwres.

Mae aroglau'r menyn yn gynnes a hallt a lleuad o grempog yn goleuo wyneb y badell. Dydan ni ddim wedi sôn dim am fy nhad ers tro. Mae hi'n gwneud gormod o grempogau, yn eu pentyrru un ar ben y llall. Nain geith y rhai fydd yn sbâr — mi fydd yna ormodedd i'r ddwy ohonon ni a fedrwch chi ddim rhoi crempog i gath. Dydi'r prynhawn ddim wedi bod yn ddigon hir rhywsut. Mae'r dydd yn tynnu ato, yn tampio, a'r awyr yn dechrau edrych fel gwydryn budr. Rydw i'n ei gwylio hi'n prysuro'n sydyn, yn codi sglein a thynnu llwch. Mae'r gyrlen fach felen sydd ganddi wedi disgyn dros ei thalcen, yn gwneud iddi edrych yn ifanc ac yn ddel ac mae hi'n gofyn i mi bicio allan i'r cefn i hel tipyn o ddaffodils i'r tŷ. Rhaid i mi gofio pigo rhai deuliw, hefo'r canol tywyll a'r petalau sy'n denau a hufennog fel petaen nhw wedi cael eu torri allan o bapur lapio menyn. Mae'r rheiny'n ddelach, yn olau ac yn ysgafn. Arnyn nhw mae'r 'ogla da.

Rydw i'n meddwl am y daffodils wrth iddi blygu drosta i a sibrwd nos dawch, yn dychmygu eu hysgafnder a'u goleuni'n cymylu'n felyn o'i chwmpas, yn ei gwneud hi'n dryloyw yn y golau bach, fel Tylwythen Deg mewn stori. Fydd hi ddim yn arfer newid ei dillad gyda'r nos ond mae heno'n wahanol a minnau'n rhy gysglyd erbyn hyn i gofio gofyn pam. Fedra i ddim ymladd rhagor â'r trymder yn fy llygaid ac mae sidan ei blows yn cyffwrdd fy moch fel adenydd rhywbeth byw. Mae'r lliwiau'n mynd a dod drwy'r defnydd, yn chwarae'n aflonydd drwy'i gilydd, yn gwneud i mi feddwl am loynnod mewn pot jam. Gwgu trwy wydr ar eu cryndod, adenydd bach yn siffrwd fel darnau o bapur yn anadlu. Agor a chau, mynd a dod, syrthni'r eithin yn mygu'r awel, olion glaswellt ar bennagliniau — rydw i'n disgyn i gysgu a gallaf arogli'r haf.

Yn bell, bell mae yna leisiau'n hymian, sŵn clên, cynnes, diogel. Rydw i'n glyd o dan y cynfasau a'r ddau ohonyn nhw'n yfed cwrw cartref wrth fwrdd y gegin. Gallaf weld yn fy meddwl y mwg araf o sigarét fy nhad yn cyrlio'n las yn y golau bach. Golau bach celwyddog o'r lamp-botel-win a Mam yn nhraed ei sanau, wedi datod ei gwallt a'i bronnau'n rhydd ac yn feddal o dan blygion ei blows. Hanner-huno o hyd, fy llygaid yn drwm, fflantian yn ysgafn rhwng effro a chwsg ac yn eu clywed nhw'n chwerthin. Rhaid i mi godi, mynd i lawr, gwneud yn siŵr. Mi fydd pethau fel roedden nhw o'r blaen ac yntau yn ei ôl — prydau bwyd o datws a grefi a char yn lle cerdded. A minnau'n gorfod mynd yn ôl i gysgu yn fy ngwely fy hun.

Mae'r wardrob ar dop y landin yn ddu ac yn ddieithr yn y tywyllwch. Troediaf ar ochr pob gris wrth fynd i lawr, ar y darnau lle nad oes yna ddim carped am nad ydi'r rheiny'n gwichian. Mae'r coed yn llyfn dan wadnau fy nhraed, yn oer, yn f'atgoffa o seddi'r capel. O dan y drws daw blewyn hir, syth o olau caled a dau lais isel yn goglais ei gilydd. Ac rydw i'n gwybod yn syth. Nid fel yna mae o'n chwerthin a does yna ddim mwg sigarét. Rwy'n anadlu'r düwch yng ngwaelod y grisiau. Mae o'n finiog fel llafn dur. Safaf yno'n disgwyl i'm llygaid gynefino â siapiau'r nos, yn ofni'r byd arall o olau melyn yr ochr arall i'r drws a'r cysgodion sy'n toddi i'w gilydd. Rydw i'n dyheu am fy ngwely, lle mae cynhesrwydd fy nghorff i'n bwll crwn ar ganol y fatres a'r blancedi'n drwm a garw ac yn crafu'r croen bach llyfn sydd gen i o dan fy ngên. Mae hi'n daith hir yn ôl i ben y grisiau ac mae fy anadl i fy hun yn boddi'r lleisiau sy'n eu gwasgu'u hunain yn denau dan y drws. Rwy'n gwbl effro a'r oerni'n llithro oddi arnaf heb fy nghyffwrdd. Tu allan i ffenest y llofft mae'r awyr yn gynfas o las tywyll ac mae hi fel petae rhywun wedi gadael olion ei fysedd o gwmpas y lleuad. Mae'r tai ar ysgwydd yr allt yn gysgodion onglog, llwyd ac mae hi'n hwyr, mor hwyr — dim ond yn nhŷ Twm Dora mae golau. Mae Twm yn dreifio loris, yn gweithio shifftiau. Mi fedra i weld oren gwan y golau yn ffenestri'r llofft ac yng ngwydr drws y ffrynt, yn wincio'n dwyllodrus fel wyneb Jac Lantarn. Daw drafft main trwy'r crac rhwng y gwydr a'r ffrâm yn y ffenest hir ac mae fy nghoban i'n denau fel gwe. Mae'r gwely'n fawr ac yn wag ac yn uchel.

Ac mae arna i hiraeth amdani 'run fath â phe na bai hi yn y tŷ o gwbl.

Pan ddaw hi i fyny o'r diwedd mae hi'n cymryd fy mod i'n cysgu ac rydw innau'n aros yn llonydd rhag iddi hi feddwl fel arall a gofyn ydw i'n sâl a finnau'n effro a hithau'n berfeddion. Gallaf ei gwylio hi'n dadwisgo drwy'r tyllau rhwng y pwythau llac yn y gynfas wau. Gwn ei bod wedi dod i fyny heb ei hesgidiau gan i mi wrando ar draed ei sanau ar garped y grisiau, sŵn llepian ysgafn, fel cath yn cerdded ar glustog. Ac yng ngoleuni llwyd y lleuad sy'n crogi'n isel gyferbyn â chrib y to mi fedra i sylwi hefyd ei bod hi eisoes wedi datod ei gwallt a gollwng pob cyrlen yn rhydd.

Bybl Gym

Mae'r afon fach yn fudr. Lliw cwrw sydd ar y dŵr, ac mae yna ddarnau o ffroth yn nofio ar yr wyneb ac yn cael eu dal rhwng cylymau o frigau a gwreiddiau. Afon o gwrw, llawn swigod a baw a phenglogau hen ddefaid. Does dim ots. Fy afon i ydi hi. Fi piau'r fan hyn. Ebrill ydi hi. Y pedwerydd ar ddeg. Heddiw mae mis Mawrth yn cael peidio â bod. Uwchben mae'r cymylau'n ysgafn, yn llawn gwynt, fel gwynwy ŵy wedi'i gnocio nes ei fod o'n sefyll yn bigau. Wrth edrych i ddŵr yr afon rydw i'n cofio dydd Sul, a'r dŵr brown yn y sinc ar ôl iddi hi olchi'r tún cig, a hithau'n dweud wrtha i bod Emlyn Meini Gwynion yn dod aton ni i fyw.

'Mari! Mari!'

Clywaf lais Luned, yn fain ac yn bell, yn llusgo ar y gwynt fel cri aderyn cors. Gwrthodaf ei hateb, dim ond gadael i'w sŵn hi gymysgu hefo synau'r adar. Mi fydd hi'n siŵr o gael hyd i mi heddiw. Cha' i ddim cuddio yma go iawn am sbel o achos na fydd arni hi ddim ofn croesi'r caeau am dipyn eto; mae Huw Tŷ Calch wedi symud y defaid ers allan o hydion a dydi'r gwartheg duon byth wedi cyrraedd. Rheiny sy'n dychryn Luned. Bob yn ail fyddan nhw'n dod. Defaid, wedyn gwartheg, a sbelan yn y canol lle nad oes yna ddim byd, dim ond esgyrn defaid ers talwm yn sgleinio'n wyn ac yn lân fel dannedd newydd.

Mae'n well gen i'r gwartheg. Nhw sy'n gallu cadw Luned draw. Pan fydd hi'n glawio mi fyddan nhw'n gwardio ger ymyl y clawdd, yn codi'u llygaid heb godi'u pennau. Tu ôl i'w llygaid maen nhw'n gallu cuddio rhag pawb. Dyna ydi cuddio go iawn, cau eich meddyliau i gyd yn eich pen. Fedar neb weld neb yn y fan honno.

'Fan'na'r wyt ti! Be' ti'n 'neud?'

Rydw i'n teimlo'n flin am nad ydw i'n gwneud dim, ond doedd hynny ddim yn gwneud i mi deimlo'n euog nes i Luned gyrraedd. Wrth i mi sythu'n sydyn mae fy nghoesau'n drwm ac yn llawn pinnau mân ar ôl cyrcydu mor hir.

'Ddudodd dy fam 'na fama basat ti. 'Di mynd ar draws caeau Tŷ Calch i hel dy draed, medda hi.' Mae llais Luned ar fy mhen i, yn difetha pob dim.

'Dos o' ma!'

'Ti'n dwad am dro, ta be? Ma' fama'n ddiflas.' Mae hi'n cogio peidio sylwi nad oes arna i ddim o'i heisiau hi. 'Tyrd yn dy flaen, yr hulpan.'

Mae hi'n troi rhywbeth pinc yn ei cheg, o ochr i ochr, i fyny ac i lawr. Yn gwneud i mi feddwl am y gwartheg duon. Gŵyr hithau ei bod hi wedi dwyn fy sylw i o'r diwedd.

'Be' ti'n gnoi?'

'Bybl gym. Isio darn?' Mae'i gwallt hi'n gudynnau blêr o gwmpas ei dannedd hi.

'Dwi ddim yn gwbod.' Gwn fy mod i'n swnio'n bwdlyd. Mae'r smotiau o frychni haul ar drwyn Luned wedi dechrau cyffwrdd â'i gilydd, yn staenio'n frown fel diferion o de ar liain.

'Pwy sy'n gwbod ta?'

Cyn ei gynnig o i mi mae hi'n ei ddatod o'i bapur ac yn torri tamaid bach oddi ar ei drwyn o ar ei chyfer hi ei hun. Cymeraf y bybl gym o'i llaw hi, a hwnnw'n sgwâr ac yn galed ac yn lliwgar, fel darn bach o sebon. Dydi hi ddim yn fodlon nes fy mod i'n ei roi o yn fy ngheg — dyna sy'n rhoi iddi'r hawl i fod yn gwmni i mi. Tu ôl i ni mae'r afon yn llithro dros y cerrig, yn gwneud sŵn fel rhywun yn gollwng pys i sosban — ond dim ond fesul dipyn, yn dyner. Dyrnaid a mwy. 'Chydig bach wedyn. Dyrnaid; 'chydig mwy. A'r pys yn y sosban yn odli hefo twrw'r dŵr, ac arogl gwyrdd y codau newydd-eu-deor yn bentwr ar fwrdd y gegin yn codi'r un pryd o'r tyfiant llaith o gwmpas ein traed ni . . .

'Ti ddim yn ei licio fo, nag wyt?'

'Be'?'

'Ti ddim yn licio'r bybl gym.'

'Yndw.'

'Ti ddim yn deud dim byd, chwaith.'

Mae'i flas o'n iawn. Fel sent a siwgwr yn gymysg. Ond nid hwnnw sydd ar fy meddwl i.

'Gwrando ar yr afon 'dw i.'

Mae Luned yn tynnu stumiau, yn paratoi'i thafod er mwyn chwythu swigan:

'Ti'n cael pedwar am geiniog yn Siop Jên Ann.'

Wneith Mam ddim gadael i mi fynd i fan'no. Jên Ann yn un fudr, meddai hi, ac mi oedd yna stori yn y pentref ar un adeg bod Elis Ty'n Sana wedi gweld llygod bach yn chwarae tu mewn i'r jariau petha' da. Rydw i'n gwasgu'r blas sent rhwng fy nannedd, yn ddiolchgar bod yna bapur wedi'i lapio am y bybl gym pinc. Hen bapur llithrig, rhad â chartŵn wedi'i brintio tu mewn iddo.

18

Rhaid i mi gofio ei boeri allan cyn mynd adref neu mi ga' i bregeth am fyta sothach. Mi ddywedith hefyd, ar ôl clywed mai gan Luned y cefais i o, nad ydi hi'n rhyfedd o gwbl ganddi hi, wir, a minnau'n mynnu cymysgu hefo'r ffasiwn bobol. Mae hi'n dweud o hyd nad ydi mam Luned yn un o'r rhai mwyaf 'particlar'. Dydw i ddim yn meddwl fy hun ei bod hi'n ddynas mor fudr â rhywun fel Jên Ann chwaith, dim ond nad ydi hi'n poeni am yr un pethau ag y mae Mam.

'Tyrd yn dy flaen, ta!' Mae Luned yn cydio yn fy mraich i. Ddeallith hi fyth pam fy mod i'n lecio bod yma, ar fy mhen fy hun, yn boddi 'nghlustiau yn nhwrw'r dŵr. 'Yli, mi fedran ni weld dy dŷ di o ben fama!'

Mi wn i hynny, Luned. Cau dy geg, wnei di? Jadan fach swnllyd, wirion. Mi wn i am y lle 'ma, am y caeau 'ma'n well na chdi; rydw i wedi sefyll ar ben y bryncyn glas 'na cyn i ti ei weld o erioed. A does arna i ddim ofn y gwartheg chwaith. Ond dydw i ddim yn dweud dim byd, dim ond dringo'r codiad tir serth a sefyll yn y lle y mae hi'n sefyll, yn gadael iddi hi feddwl mai hi ydi'r gyntaf i weld pob dim a phob man. O'r fan hyn mae Bryn Eira'n sgwaryn bach pell ond yn ddigon agos i mi fedru teimlo'n ddiogel o hyd. Tŷ ni. Mam a finnau. Yn siwgwr lwmp gwyn yn y pellter glas.

'Mi oedd o yna pan es i i chwilio amdanat ti.'

'Be'?'

'Ydi o'n glên efo chdi?'

'Pwy?'

'Ffansi man dy fam!'

Dydw i ddim yn cofio'i gwthio hi. Ei sgrechian hi'r ydw i'n ei gofio, rhyw hen nadau uchel, hyll a dim dagrau ynddyn nhw. Mae hi'n dal ei garddwrn a honno'n chwyddo nes ei bod hi'n edrych yn feddal ac yn doeslyd. Finnau ofn edrych arni hi oherwydd mai arna i mae'r bai. Ond yn ei dychryn mae hi wedi anghofio hynny. Rydan ni'n ei chychwyn hi, Luned a minnau, ein breichiau oddi am ein gilydd ac rydw innau'n falch 'mod i wedi gallu crio rhywfaint bach hefyd. Er mwyn gwneud i Luned deimlo'n well. Er mwyn iddi faddau i mi. Hynny sy'n bwysig rŵan.

'Paid â mynd mor gyflym. Mae o'n gneud i 'mraich i ysgwyd i gyd!'

Rydw i'n ei chasáu hi am fod mor gwynfannus ond yn ei gwasgu'n dynn 'run pryd am fod y chwydd gwyn yn ei garddwrn hi'n codi ofn arna i a rŵan, a ninnau yn y pant rhwng y bryncyn a'r afon, does yna ddim byd ond awyr a chaeau yn cyfarfod ei gilydd ac yn cau o'n cwmpas ni. Mae yna arogl hallt, llaith yn codi oddi ar Luned, oddi ar ei bochau hi a'i gwallt hi ac mae arna i hiraeth gwirion am fod Bryn Eira wedi mynd o'r golwg. Rydw i'n sâl o eisiau bod yno hefo Mam, ond mi fydd Emlyn yno, yn y gadair o flaen yr Aga, yn 'mestyn ei draed at y gwres. Ac arno fo fydd ei llygaid hi'n gwenu.

Felly rydan i'n ymlwybro'n araf, Luned a minnau. Rhag sgytio'i braich hi, rhag cyrraedd yn rhy fuan . . . Mae cerdded mor araf, â 'mhen at i lawr, yn gwneud i mi deimlo fel taflu i fyny. Mae gen i bendro am na alla i weld dim byd ond nodwyddau'r gwellt glas yn plethu i'w gilydd o dan ein hesgidiau ni. Mae fy llygaid i'n crwydro'r ddaear am nad oes ganddyn nhw ddewis. Does 'na fawr o ffordd eto at y gamdda, a finnau'n sylwi am yr eildro'r prynhawn hwnnw ar gorff y bioden farw yn sawdl y clawdd, yn dew, ddu a gwyn, ar wastad ei chefn a dau bwll bach gwlyb lle bu'i llygaid hi.

Mae fan Emlyn yn llenwi'r cowt bychan o flaen y tŷ, yn f'atgoffa fi'n hyll o pam y gwthiais i Luned. Mae pyllau o haul newydd yn golchi'r llechi ar stepan drws y cefn. Rheiny sydd wedi denu'r gath at y rhiniog. Yno mae hi, mor ddi-feind â phe bai hi'n gath o garreg, yn syllu'n hir drwy hanner-llygaid — arnon ni, ac ar ddim byd.

'Be' ddigwyddodd?' Cnadu Luned sydd wedi dychryn Mam.

'Luned 'di brifo.' Llais bach sydd gen i.

'Ma' hi wedi torri honna, ddeudwn i.' Emlyn sy'n siarad, heb i neb ofyn iddo fo. Buasai'n well i bawb pe bai o heb ddweud dim. Wrth glywed y gair 'torri' mae igian Luned yn chwyddo drwy'r gegin. Biti na fuasai hi'n gweiddi'n uwch ac yn uwch nes bod ei llais hi'n ffrwydro ac yn eu byddaru nhw i gyd.

'Mi eith Emlyn â chdi adra, 'mechan i.' Peidiwch â'i holi hi, Mam. Peidiwch â gofyn iddi. Ond mi wn i mai dyna fydd hi'n ei wneud nesaf. 'Syrthio wnest ti, debyg?'

Dydi Luned ddim wedi arfer â phobol yn siarad yn ffeind hefo hi. Mae'i llygaid hi'n grwn yn ei phen hi, fel cerrig glan môr.

'Naci. Mari nath. Hi ddaru 'ngwthio fi!'

Maen nhw i gyd yn edrych arna i. Y tri ohonyn nhw. Rydw innau'n hoelio fy sylw ar y ddau blanhigyn Bisi Lisi yn rhaeadru dros ymyl sil y ffenest. Lliw pinc-sebon-sent. A finnau'n cofio am y bybl gym . . .

'Be' sy gin ti yn dy geg, Mari?'

'Dim byd.' Ond mae hi'n gwybod beth ydi o.

'Poera fo allan y munud 'ma!'

Felly dyna'r ydw i'n ei wneud. O'u blaenau nhw i gyd. Mam, a Luned hefo'i dagrau babi-dol. A fo.

'Arno fo ma'r bai!' O gornel fy llygaid gallaf weld y fan las wedi'i pharcio o dan y ffenest. 'Arno fo! Arno fo!'

Gallaf weiddi rŵan, lond fy ngheg, a'r bybl gym wedi mynd. Mae hwnnw eisoes wedi glanio ar y llawr, fodfeddi oddi wrth draed Emlyn Meini Gwynion, yn gwlwm o bincdod llachar. Rydan ni i gyd yn sefyll a syllu arno'n glynu fel ploryn bach doniol ar wyneb llyfn y llawr teils.

Luned

'Ti 'di cael cariad tua'r Cownti Sgŵl 'na bellach?'

Haf poeth ydi hi o hyd, hen haf barus sy'n ein twyllo ni i gyd, yn gwneud i ni anghofio ei bod hi'n fis Medi. Rydw i'n llaith hefo'r gwres ac mae'r llwch o'r stryd yn cosi 'nhraed i drwy fy esgidiau ysgol trymion. Mae hi'n gas gen i weld hen ddynion heb goleri 'run fath ag Ifan Rhyd yn sefyll ar y sgwâr ac yn llygadu coesau'r genod bach wrth iddyn nhw ddod i lawr o'r bws. Rydw i'n cerdded heibio iddo fo heb gymryd arnaf imi'i glywed o, y fo a Now Werddon. Rheiny'n sisial hefo'i gilydd, sŵn caled, isel trwy'u dannedd fel sŵn pryfed mewn potel. Maen nhw'n gwgu, fel petaen nhw'n mynd i chwerthin am fy mhen i.

'Lle ma'r gochan fach 'na fydd yn arfar dŵad efo chdi? Chwara triwant, debyg iawn! Gwatsia di i mi ddeud wrth yr hen sgŵl mistar 'na amdani hi!'

Sâl ydi Luned. Eto. Dydi hi ddim yn lecio'r ysgol fawr, a dydw inna ddim yn lecio yno hebddi hi. Mae hi'n ddoniol ac yn ddychryn yr un pryd am nad ydi hi'n malio yn neb. Hi sy'n gwneud i mi deimlo'n well os bydda i isio crio ar ôl i un o'r athrawon fod yn gas. Mae hi'n dipyn o newid byd arnon ni rŵan wedi i ni adael Miss Wilias Standard Ffôr ac Anti Pys Slwj oedd yn gadael i ni fynd i'r gegin er mwyn i ni gael torri'n horenjis hefo cyllell. Lle saff oedd 'Rysgol Bach; clyd a chyfarwydd, 'run fath ag adra. Ogla paent powdwr ac afalau a'r cadeiriau'n

23

fychan bach, yn llai na phenolau pawb ond ni'r plant. Ond mae rŵan yn wahanol. Dydi'r athrawon byth yn cofio'n henwau ni i fyny yn yr Ysgol Fawr ac rydan ninnau ofn gofyn pwy ydyn nhwythau. Mae yna ambell un ohonyn nhw sy wrth ei fodd yn codi'i lais. 'Run fath â'r athro Mathemateg llygaid llechen ag olion ei fysedd-llwch-sialc yn gleisiau cymylog ar gloriau'n llyfrau ni. Mae o'n dweud bod syms yn hawdd ac mai arnon ni mae'r bai am beidio gwrando. Mae o'n dweud anwiredd. Mi fydda i'n gwrando, nes bod 'y mhen i'n llawn o niwl, ond dydi'r rhifau'n golygu dim. Maen nhw'n bell ac yn biwis, yn gybolfa hyll, ddyrys ar wyneb y bwrdd du. Ac mi fydda i'n dychryn weithiau am na fedra i mo'u gweld nhw'n iawn. Ond dydw i ddim yn mynd i gyfaddef neu mi ddywedan wrth Mam fy mod i angen sbectol. Felly rydw i'n osgoi hynny trwy gopïo'r rhifau o lyfr Luned er fy mod i'n gwybod ei bod hi'n un flêr, ddi-hid. Mi wn i hefyd nad ydi hi byth yn gywir ond mae hi'n haws peidio malio am hynny oherwydd bod marciau sâl yn cael eu cau'n dwt rhwng cloriau'r llyfr copi — dydi pobol eraill ddim yn gweld rheiny, nac ydyn? Ond mi fasan nhw'n gweld petai gen i sbectol. Yn gweiddi 'llgatrws' a 'gwdi-hŵ' o gefn y bws ysgol 'run fath ag y byddan nhw ar hogyn Robaij Shiwrin. Dydi hwnnw ddim yn malio chwaith, fel baswn i. Mae o'n un o'r hogia mawr, yn gwybod ei fod o'n glyfrach rŵan na fydd yr un ohonon ni byth. Mi oedd gen i bechod drosto fo ar y dechrau ond rŵan dydw i'n amau dim nad ydi o'n lecio bod yn wahanol. Fo ydi'r unig un, ar wahân i'r plant bach newydd, sy'n clymu'i dei reit i'r top, ac mae o'n cribo'i wallt fel y bydd tadau pobol.

Rydw i wedi cerdded adref o'r stryd yn ara' bach â 'mhen i'n llawn o syms a sbectols a hogyn Robaij Shiwrin. Mae'r gath yn llonydd eto ar stepan drws y cefn. Rydw i'n camu drosti a dydi hi'n symud dim, dim ond yn gwneud ei llygaid Japanî a'r rheiny'n holltau bychain cysglyd, fel tyllau botymau, yn ei hwyneb hi.

'Mam! Dwi adra. Lle ydach chi? Doedd Luned ddim yno heddiw eto . . .'

Mae sŵn fy nhraed i a'm llais i'n darfod yn sydyn hefo'i gilydd o achos ei bod hi'n sefyll yno'n disgwyl amdana i â'i cheg hi'n llinell fach syth. Rydw i'n meddwl am lygaid y gath.

'Ga' i ddiod oer?'

Rydw i'n gofyn yn sydyn cyn iddi hi gael dweud ei newydd wrtha i, er mwyn gohirio'r peth ofnadwy yma sy'n gwneud iddi sefyll fel dieithryn yn ei chegin ei hun. Mae'r dydd y tu allan wedi fy nilyn i trwy'r drws, yn flocyn hirsgwar syth ac yn wyn fel halen.

'Doedd Luned ddim yna heddiw, nag oedd, 'mechan i?'

'Dwi newydd ddeud wrthach chi.'

Pam ei bod hi'n sôn am Luned, sy'n colli diwrnod o'r ysgol o hyd?

'Cogio bod yn sâl oedd hi, ma' siŵr. Mi oedd gynnon ni 'Marfar Corff heddiw.'

Ogla traed a meinciau pren, pawb yn sathru dillad ei gilydd ac yn gorfod rhedeg yn noethlymun trwy'r gawod. Wela i fawr o fai arni am gogio bod yn sâl. Dydi Mam yn dweud dim er mwyn i mi edrych arni hi. Er mwyn i mi wybod mai am Luned yr oedd hi eisiau sôn o'r dechrau. Roedd hi'n sâl go iawn heddiw felly? Mae'r syched yn ddolur yn fy ngwddw i wrth i mi feddwl am yr holl bethau erchyll a all fod yn bod ar Luned. Mae fy stumog i'n neidio'n hunanol wrth feddwl am orfod mynd i'r ysgol hebddi am ddyddiau, wythnosau.

'Ydi hi'n sâl ofnadwy, Mam?'

Distawrwydd. Cloc yn tician. Pry'n taro'r ffenest a'r tanc dŵr poeth yn rhoi ochenaid gyddfol fel petae yna rywbeth byw â'i stumog o'n corddi tu mewn i'r cwpwrdd crasu.

'Ei thad hi sy wedi marw.'

Mae hi'n dweud y gair 'marw' yn ddistaw fel tasai arni hi ofn i mi'i glywed o. Marw. Rhywbeth sy'n digwydd i deidiau pobol ac i anifeiliaid bach brown ar ochor lôn bost. Anodd ydi meddwl am rywun wedi marw pan mae'r teciall yn codi i ferwi a hithau'n amser te ac yn haul tu allan. Rydw i'n trio meddwl am dad Luned yn gorwedd ar wastad ei gefn â'i ddwylo wedi'u croesi ar draws ei frest o, ond fedra i ddim, felly rydw i'n meddwl amdano fo fel roedd o — dyn bychan, tenau, sydyn. Doedd o byth yn edrych yn lân iawn am ei fod o'n arfer mynd am ddyddiau heb siafio. Mi fyddai ganddo fo haenen o dyfiant yn gysgod du dros ei wyneb bob tro y gwelwn i o, hen dyfiant priddlyd a wnâi iddo edrych fel taten heb ei golchi. A'r graith honno. Yn wyn ac yn lân ac yn denau — fel tasai'r gyllell wedi llithro ar ôl i rywun drio'i blicio fo.

'Hen gythral cas oedd o, te, Mam?'

Mae yna wrid bach sydyn yn gwthio dan esgyrn ei bochau hi am ei bod hi'n gwybod fy mod i wedi'i chlywed hithau'n dweud yr un peth.

'Be' ddudist ti?'

26

'Tad Luned. Chi ddudodd bod o'n meddwi ac yn mynd adra i guro'i mam hi.'

Mae hi wedi troi oddi wrtha i er mwyn tywallt dŵr dros y tebot ac mae yna gudynnau lliw mêl wedi disgyn i lawr ar ei gwegil hi.

'Cymer di'r ofal nad wyt ti'n ailadrodd petha' ti'n glywad yn tŷ. Ti'n dallt?'

Mae'r rhybudd yn ei llais hi wedi difetha'i thynerwch hi i gyd. Fedra inna ddim deall pam y dylai Luned na neb arall deimlo'n rhy drist chwaith o achos mi wyddai pawb yn burion mai hen gena' brwnt oedd ei thad hi am nad oedd o'n gwybod nad felly oedd pob dyn i fod; roedd pobol yn dal i gofio'r stori am ei dad yntau o'i flaen o, yn curo caseg rhwng ei dwy glust hefo bar haearn nes iddi fynd i lawr yn y siafftiau a'r cwbwl wnaeth o wedyn oedd ei gadael hi ar yr allt lle disgynnodd hi â'r llwyth yn dal ar y drol tra aeth o adra am ei ginio.

'Tyrd at y bwr' i gael dy banad.'

Dydi hi ddim yn sôn mwy am dad Luned a dydw inna ddim yn swnian rhagor am ddiod oer, dim ond estyn yn flêr am y gwpan de ac yn hel siwgwr hyd y lliain bwrdd am fod yna gryndod bach tynn yn cosi cefn fy llaw i. Rydw i eisiau chwerthin ond mi wn i hefyd na wna i ddim. Mae'r crisialau mân yn wincio'n dlws rhwng cris-croes y patrwm lês fel tamprwydd bore cyntaf ar we pry cop ac mae'n rhaid imi gnoi fy mara menyn ac osgoi'i llygaid hi. Er mwyn gwneud hynny rydw i'n edrych o'm cwmpas, yn sylwi'n fanwl, fanwl ar bob dim fel taswn i mewn tŷ diarth. Yn craffu ar yr hen gŵn tsieina mawr o boptu'r pentan ac yn sylwi am y tro cyntaf nad ydyn nhw'n bâr go iawn. Ond mae llygaid y ddau ohonyn nhw'n union 'run fath, yn syllu'n hir ac yn felyn ar ddim byd a'u trwynau nhw'n uchel, drahaus fel tasen nhw'n meddwl eu bod nhw'n well na phob dim arall. Ond 'does raid iddyn nhw ddim. Dydyn nhw ddim hyd yn oed yn perthyn i'w gilydd, dim ond i orffennol sy'n llawn o hen bethau a lluniau di-wên mewn fframiau trymion.

Mae meddwl am dad Luned yn gwneud i mi fod eisiau meddwl am fy nhad fy hun. Does wiw i mi sôn amdano fo neu mi fydd Mam yn mynd yn ddistaw ac yn gwneud mwy o dwrw nag sydd raid wrth glirio'r llestri. Dydw i ddim yn meddwl amdano fo mor amal rŵan chwaith ond pan fydda i mae hi'n anodd cael hyd i'w lun o yn fy mhen. Rydw i'n gwybod yn well na neb sut wyneb sydd ganddo ond mae o fel petawn i'n trio sbio ar hen lun du-a-gwyn lle mae olion bodiau pobol ar hyd y blynyddoedd wedi treulio'r wyneb yn grychau bach llwyd. Mae hynny'n fy nychryn i. Methu cofio wyneb fy nhad. Mae o'n gyrru pethau i mi o hyd. Parseli bach o lyfrau a hithau ddim yn ben-blwydd arna i na dim. Dydi o ddim wedi anghofio gymaint rydw i'n lecio darllen. Mae hi'n edrych arna i rŵan, fel tasai hi'n medru darllen fy meddwl i. Ond mae hi wedi dechrau gwenu, yn pentyrru'r platiau bach lluniau-adar a'r soseri heb wneud sŵn o gwbwl ac yn sôn am waith ysgol a'r dillad chwaraeon fydd angen eu hestyn i'w golchi. Ac rydw innau'n mynd. Yn dianc oddi wrth y cŵn tegan hyll sy'n fy atgoffa i bod ein cegin ni'n fwy hen-ffasiwn na cheginau pobol eraill ac oddi wrth yr haul sy'n llenwi'r ffenest ac yn llifo popeth 'run lliw â'i gwallt hi.

'Ha' Bach Mihangal' ydi tywydd fel hyn, meddai Nain,

pan ddylai'r haf go iawn fod wedi darfod a ninnau'r plant yn ein holau yn yr ysgol, a'r bobol mewn oed yn dod yma ar eu holides ac yn hel mwyar duon yn eu dillad-dydd-Sul. A gyda'r nosau, a chitha'n dal i fod allan yn piltran o gwmpas, mae'r oerni'n lapio'n slei am eich coesau noeth chi heb i chi sylwi. Mi rydach chi'n medru blasu'r tymhorau'n ffeirio lle yn gyfrwys i gyd, yn cosi'ch ffroenau chi hefo aroglau llynedd — dail yn dechrau suro'n araf a mwg yn yr awyr yn bell i ffwrdd am ei bod hi'n bryd i bobol ddechrau gwneud tân yn y parlwr.

Dydw i ddim yn disgwyl gweld Luned, o bawb, y noson honno. Mae ei choesau hi'n llinellau bach o liw yn y pellter a finnau'n adnabod lliw-gwin-coch ei throwsus melfaréd hi. Rydw i'n aros yn fy unfan, aros nes ei bod hi'n ddigon agos i mi glywed sŵn ei thraed hi'n clepian hyd y llwybr. Mae ôl crio arni hi, a hwnnw wedi codi'n donnau bychain, chwyddedig o dan ei llygaid hi. A finnau'n dychryn rhyw fymryn heb wybod yn iawn pam. Mi ddylwn i fod wedi hen arfer â gweld ôl crio ar Luned bellach. Ar ôl iddi ddisgyn a thorri'i garddwrn ar gaeau Tŷ Calch; ar ôl iddi golli'i hesgid wrth newid ei dillad ar ôl i ni fod yn y pwll nofio. Ar ôl iddi gael chwelpan gan ei thad am golli'i newid o o'r pumpunt pres baco hwnnw ar y ffordd yn ôl o siop Jên Ann. Mi oedd ôl ei bump o ar draws ei boch hi bryd hynny, yn staeniau hir, peryglus fel petaen nhw wedi cael eu paentio yno hefo brwsh, a finna, yn fy nychryn, yn crio hefo hi. Mae cochni'r awyr o'n cwmpas ni rŵan yr un lliw â'r chwelpan honno.

'Ti'n iawn, Luned?'

Mae'i ffunen boced hi wedi gwneud ei llaw hi'n llaith.

'Mi oedd o'n prynu pentwr o betha da i mi, sti, a bloda i Mam bob tro fydda'i geffyl o'n dŵad i mewn. Ac mi fydda fo'n dŵad â stecan bob un i ni i swpar hefyd.' Mae gen i ofn dweud wrthi bod ei thrwyn hi'n rhedeg.

Rydw i'n cofio fel byddai Luned ers talwm yn sefyll tu allan i le Bob Jôs Bwci ar brynhawn Sadwrn â'i hwyneb hi'r un lliw â llwyd y pafin am fod ei mam hi'n poeni rhag ofn iddo fo feddwi'n racs tasa'i geffylau o'n colli.

'Ew, bechod, sti, Mari,' Mae ei llais hi'n swnio fel tasai ganddi hi annwyd trwm ac mae hi'n gwneud sŵn herciog yn ei gwddw wrth anadlu fel bydd pobol ar ôl bod yn crio am yn hir. 'Mi oedd o'n medru gneud petha ffeind.' Mae hi'n edrych arna i rŵan, yn syllu i fyw fy llygaid i. 'Mi fydd rhaid i mi ddisgwyl yn y ciw-cinio-am-ddim yn 'rysgol rŵan o achos nad oes gin i ddim tad.'

Fedra i ddim newid fy meddwl am ei thad hi chwaith. Petawn i'n Luned mi faswn i'n falch nad oedd o ddim yno i'm stido i. Rydw i'n teimlo'n flin hefo hi ac yn teimlo bechod drosti hi'r un pryd oherwydd bod ei hiraeth hi'n hiraeth go iawn. Mi wn i y bydd rhaid i mi drio deall rhywbryd. Ond nid heno.

'Hitia befo, Lun. Fydd dim isio i ti sefyll efo'r plant-heb-dada'. Mi awn ni â bechdana' yn 'll dwy, yli.'

'Ia, d'wad?'

'Ia, siŵr Dduw!'

Mae Luned yn gwenu rhyw hen wên fach wlyb.

'Gwatsia di i dy fam dy glywad ti'n rhegi, neu fi geith y bai!'

Rydw inna'n troi wedyn ac yn ei thynnu hi tua'r tŷ,

yn falch ei bod hi wedi rhoi'r gorau i'r igian poenus oedd
yn rhwygo'i llwnc hi. Ac mae'r awyr tu ôl i ni rŵan yn
binc ac yn ariannog 'run pryd, fel rholyn mawr o sidan
yn disgyn o'i blygiadau.

Prynhawn Gwyn

Mae oerni cyntaf yr hydref yn gorwedd yn denau dros bob dim; mae o wedi dod eleni heb i neb sylwi, yn ysgafn ac yn dyner, fel llefrith yn croeni. O ffenest llofft Mam mi fedra i weld y mynyddoedd, yn swrth ac yn llonydd, fel cysgodion rhyw hen, hen anifeiliaid yn gorwedd ymysg ei gilydd. Mae'r awyr yn glytwaith boliog o lwyd a glas, a chudynnau o gwmwl yn glynu wrth y cwbwl, fel blew cath wen ar gynfas.

Am ddau o'r gloch maen nhw'n priodi. Mam ac Emlyn. Mae hi'n andros o glên hefo fi, yn sibrwd cyfrinachau ac yn dweud pethau doniol fel tasai hi'n chwaer fawr i mi.

'Pam na chymri di rwbath bach i fyta? Diod o lefrith a theisan gri?' Mae'i bysedd hi'n oer yn erbyn fy moch i. 'Mi fydd hi'n amsar te arnan ni'n cael cinio heddiw, sti, a chditha hefo stumog wag.'

Ond does gen i ddim lle yn fy stumog, er ei bod hi'n wag. Mae hi'n teimlo'n dynn ac yn fach tu mewn i mi fel tasai rhywun wedi clymu llinyn amdani. Tu allan, dan y ffenest, mae'r coed yn llonydd, yn dal eu pennau hefo'i gilydd er mwyn i'r cochni-yma-ac-acw ledu trwy'u dail nhw fel rhwd. Does ganddyn nhw ddim dewis, dim ond disgwyl iddo fo ddigwydd fel y gwnes i ar ôl bod yn chwarae yn nhŷ Luned pan oedd frech yr ieir arni. Ac roedd o'n waeth arna i wedyn nag y buo fo arni hi. Mae gen i graith fach gron ar fy nhalcen o hyd ar ôl pigo un o'r crachod. Mae hi o'r golwg dan fy ngwallt i, yn fychan bach, yn llai na deigryn babi. Ond mi wn i'n union lle mae hi, yn wyn ac yn berlog ac yno am byth.

'Ti am fy helpu fi i wisgo amdanaf, yn dwyt, Mari?'

Rydw i wedi ei helpu i wisgo amdani droeon o'r blaen, wedi codi cudynnau'i gwallt hi er mwyn cau botwm uchaf ei ffrog hi, wedi llyfnhau'r crychau yn y defnydd er mwyn teimlo'i chorff hi'n gynnes ac yn gyfarwydd a gwybod na fedrwn i ddim cyffwrdd yn neb arall yn y byd fel rydw i'n ei chyffwrdd hi, na gosod fy moch yn erbyn gwegil neb arall a theimlo'r gwallt mân yno'n feddal fel y blew dan fol Jinw pan oedd hi'n gath fach.

Ond mae heddiw'n wahanol i bob tro arall. Heddiw rydw i'n teimlo fel taswn i'n fam iddi hi, ac mi rydan ni'n estyn ei phethau hi ar y gwely hefo'n gilydd ac mae hi'n sychu'i dwylo yn ei gwnwisg cyn gafael mewn dim byd fel petai arni ofn i'r cryndod yn ei bysedd hi faeddu'r defnydd newydd sbon. Hi ei hun sy'n estyn y dillad isa' gwynion, tenau. Mae hi'n troi'i chefn arna i am funud er mwyn agor y bocs hirsgwar hefo enw'r siop-peisiau-drud honno fuon ni ynddi hi yng Nghaer mewn sgwennu cwafrog, tlws ar hyd ei ochor o. Wrth iddi ysgwyd y cynnwys fesul tamaid o blygion y bocs mae'r papur sidan yn siffrwd a thawelu bob yn ail, yn gwneud i mi feddwl am dderyn yn ffluwchio'i ffordd trwy glawdd drain. A wedyn, yn sydyn, distawrwydd llwyr. Dim siffrwd, dim sŵn, dim defnydd tenau yn sibrwd trwy'i bysedd hi. Dim byd. A finna'n gweld ei hysgwyddau hi'n crynu'n ysgafn, yn gwneud iddi edrych yn eiddil a bregus. Dydi o ddim yn hen grio-isio-sylw swnllyd fel y bydd Luned a fi'n ei wneud. Rhyw ochneidio tawel, llaith ydi o sy'n mynd a dod ar hyd ei llygaid hi fel nodwyddau o haul yn pwytho trwy farrug gwlyb. Mae hi'n gadael i mi afael amdani'n dynn a does dim ots ei bod hi newydd roi powdwr hyd ei hwyneb a phaentio'i gwefusau. Rydw i'n cael gwasgu fy moch yn erbyn ei boch hithau a gadael i'w phersawr blodeuog hi f'atgoffa i o bethau braf. O bartïon penblwydd a 'Dolig a'r holl ddyddiau-dillad-gorau eraill rydan ni wedi'u rhannu ein dwy.

'Dwi'n ol-reit rŵan, sti.' Mae hi'n ei thynnu'i hun yn dyner o 'ngafael i ac yn fy ngosod i eistedd yn daclus ar erchwyn y gwely fel petae hi'n gosod dol. 'Tyrd rŵan. Ma' well i ni neud siâp ar betha neu mi fydd dy nain yma hefo Ifan ac Enid a finna ddim hannar parod.'

Fydd yna ddim criw mawr ohonan ni. Dim ffýs. Dim ond y teulu agosa am fod Emlyn yn ŵr gweddw a Mam wedi bod yn briod o'r blaen. A wedyn mi fydda inna'n mynd i aros at Nain am dridia'n bedwar dros y gwyliau hanner-tymor tra bod y ddau ohonyn nhw'n mynd i ffwrdd i fwrw'u swildod. Gwgu ddaru Luned pan glywodd hi hynny.

'Siarad yn wirion ma' pobol,' meddai hi. 'Sut fedran nhw fod yn swil bellach ag Emlyn wedi bod yn cysgu nosweithia yng ngwely dy fam?'

Fi ddywedodd hynny wrthi a rŵan rydw i'n difaru. Ond ar y pryd roedd yn rhaid i mi gael rhannu'r gyfrinach er mwyn bod yn agos at Luned am fod yr ystafell ar draws y landin wedi mynd yn rhywle dieithr a phell. Ac roedd eu chwerthin isel, gofalus nhw yn fwy o ddychryn fyth pan glywn i dwrw araf, poenus y goriad yn nhwll y clo. Does arna i ddim eisiau meddwl am yr hyn maen nhw'n

ei wneud yn y gwely caled, mawr 'ma. A dydi clywed
Luned yn dweud bod pawb yn gorfod ei wneud o rhyw
ddiwrnod yn helpu dim. Yn enwedig os ydyn nhw isio
babis, meddai hi, a fasai hi'n synnu dim wir tasai Mam
yn cael un arall o'r rheiny rŵan ar ôl iddi briodi hefo
Emlyn. Be' ŵyr Luned am ddim byd? Mi fedrwn i roi
mwy o goel ar yr hyn mae hi'n ei ddweud tasai hi'n gallu
sgwennu'n sownd a chopïo pethau i lawr yn gywir yn ei
llyfrau ysgol.

Mae Mam yn diosg ei gwnwisg fel petae hi wedi
anghofio fy mod i yno ac mae ei chorff hi'n edrych mor
wyn nes iddi ddechrau rhoi'r dillad isa drud amdani; mae
newydd-deb y lês yn wynnach hyd yn oed na'i chroen
hi, yn llachar a startslyd fel eira newydd.

'Ma' 'na dwrw car yna rŵan. Picia i lawr atyn nhw,
nei di, a d'wad na fydda i ddim yn hir.'

Yncl Ifan ac Anti Enid, a Nain 'run fath â brenhines
yn nhu ôl y car mawr llwyd. Rydw i'n disgwyl nes 'mod
i'n clywed drysau'r car yn clepian cyn mynd i agor iddyn
nhw, yn trio penderfynu pa foch i'w chynnig i gusanau-
lipstig Enid ac i'r blewiach cras sy'n tyfu o dan drwyn
Ifan. Ond dydw i ddim yn poeni am gusanu Nain. Mi
fydd hi'n gafael amdana i'n dynn bob amser heb boeni
am grychu'i dillad ac mae yna ogla pell, hen-ffasiwn ar
ei sent hi, fel ogla rhosys yn dod o waelod yr ardd ar noson
hwyr yn yr haf pan fydd hi ar fin tampio dan draed a'r
chwiws yn gwneud i'r awyr nofio i gyd.

Mae Enid yn morio trwy'r drws yn cario'r blodau ar
gaead bocs.

'Hwda, Mari, gafael yn hwn, nei di? Nefi, ma'r hogan

ma'n tyfu bob tro dwi'n ei gweld hi! Ti 'di mynd yn hogan nobl rŵan, yn dwyt?'

Fedra i ddim diodda pobol yn fy ngalw i'n 'hogan nobl'. Rydw i'n cymryd y blodau ganddi er mwyn iddi statu'i dillad a gosod côt ei chostiwm i guddio'r ddau fotwm sy'n tynnu'n beryglus ar draws ei bronnau hi bob tro mae hi'n codi'i breichiau.

'Be' 'di'r ogla da 'na, Nain?' Ogla melys, cry', fel tasai rhywun wedi gollwng potel sent.

'Ffrîsias.'

Mae hi'n rhoi'r tusw dan fy nhrwyn i ac rydw i'n chwilio amdanyn nhw yng nghanol y blodau eraill, yn disgwyl gweld rhyw bethau mawr, crand. Ond rhai bach swil ydyn nhw, fel rhesi o glychau â'u pennau at i lawr, ac mae hi'n gwenu ar fy syndod i, yn cyffwrdd blaenau'i bysedd yn y tusw sy'n oer fel gwlith.

'Ista, wir, Ifan. Ti'n gneud y lle'n flêr!'

Enid. Ar draws pawb a phopeth. O nunlle ac o bob man. Rhaid i mi ddianc o'i sŵn hi. Mae'i llais hi'n llond y gegin ac yn tynnu'r sglein o lygaid Nain wrth iddi weld bai o hyd ar Yncl Ifan. Yn swnian, swnian. Yn fy nilyn i allan i'r cowt lle mae'r prynhawn yn drwm gyda'r oerfel sy'n anadlu o'r ddaear a blas cyntefig y brigau'n pydru. Uwchben mae yna adar yn mudo yn llinell rubanog. Dyna'r unig beth sy'n symud — y rhesen ddu 'ma yn yr awyr sy'n cwafro'n sydyn cyn hollti'n ddau damaid fel hen garrai yn rhwygo.

Mi wn i y bydd popeth yn wahanol ar ôl heddiw. Pan ddo i yma'n f'ôl o dŷ Nain. Fel petae gynnon ni bobol ddiarth a'r rheiny'n aros am byth. Ac mi fydd rhaid i mi ofalu 'mod i'n cadw f'esgidiau'n daclus bob dydd a phasio'r ddysgl datws ar draws y bwrdd bwyd er mwyn iddo fo gael cymryd yn gyntaf. Fi fyddai'n codi bwyd ar blât fy nhad bob amser, ac yn gwybod yn union faint i'w roi. Byth yn rhoi gormod na rhy 'chydig, medda fo. Ac ar ôl iddo fo orffen roeddwn i'n nôl ei dún baco fo a fynta'n gwenu o achos nad oedd o ddim yn gorfod gofyn. Mam yn cogio gwylltio wedyn am ei bod hi'n cael hyd i friwsion bach o faco rhwng y llestri budron a'r rheiny'n glynu wrth y lliain fel coesau pryfed.

'Wel, pob lwc iddi, dduda i!' Mae llais Anti Enid yn cario fel cloch o achos bod drws y cefn yn llydan-agored a dim smic i'w glywed o unman arall. 'Ma' hi'n haeddu dipyn o hwnnw, a Gwyn yn gneud be' nath o, yn 'i gadael hi am ddynas arall!'

Dyna'r tro cyntaf i mi glywed yr un ohonyn nhw'n dweud ei enw fo ers amser maith. Enw fy nhad yn disgyn yn hallt i ganol y gegin, i ganol y cysgodion lle mae ogla'r ffrîsias. Does yna'r un ohonyn nhw'n sylwi arna i'n edrych i mewn ar y cyfan — siapiau cyfarwydd y dodrefn, y llestri ar y dresel yn wincio arnyn nhw'u hunain yng ngwydr y ffenest, cysgod gwraig Yncl Ifan yn toddi'n flêr dros bob dim. Rydw i yno'n hir, a 'nhrwyn yn erbyn y gwydr, nes 'mod i'n clywed rhywun yn galw f'enw i, a finna ofn symud nes 'mod i'n sylweddoli mai llais Mam sy 'na rŵan.

'Be' ti'n neud allan yn fama? Ti 'di mynd a gadael pawb.'

Ond does yna ddim cerydd yn ei llais hi chwaith. Does yna fawr o ddim byd ynddo. Mae'i geiriau hi'n hofran yn eu hunfan, 'run fath â'r prynhawn gwyn 'ma sydd wedi'i ddal rhwng dau dymor ac yn disgwyl i rywbeth ei ddeffro fo.

'Dach chi'n edrach yn ddel, Mam.'

Mae'i gwên hi'n tywyllu'i llygaid hi, yn eu gwneud nhw'r un lliw glas â'r siwt y mae hi'n ei gwisgo. Rydw i'n ei dilyn hi'n ôl i'r tŷ, trwy'r gegin a'r siarad a phersawr oer y blodau ar y bwrdd. Mae hi'n dywyll yn y parlwr ffrynt o achos nad ydi'r llenni trymion gwyrdd ddim ond yn rhyw gil-agored. Ystafell dywyll, werdd sy'n cael ei chadw'n orau ar gyfer pobol ddiarth. Lle byddai'r llun priodas yn arfer bod. Wyneb fy nhad yn ifanc a main a Mam yn welw mewn gwyn. Mae yna rywbeth distaw a difrifol ynglŷn â'r ystafell yma, a finnau'n meddwl am y gweinidog yn dod i edrych amdanon ni ar ôl i ni gladdu Taid. Dydw i'n cofio fawr ddim am bethau bryd hynny chwaith, heblaw mai dyna'r tro cyntaf i mi weld Nain yn crio dagrau go iawn. Dagrau mawr fel mwclis gwydr a'r gweinidog yn eistedd â'i bennagliniau hefo'i gilydd, 'run fath â dynes, yn yfed te o gwpan denau.

'Mae'n well i ti gael hon rŵan, Mari.' Ei modrwy briodas hi. 'Mae hi'n llawar rhy fawr i ti rŵan, ond ella basat ti'n lecio'i gwisgo hi rhyw ddiwrnod.'

Ond dydw i ddim yn gwybod fydda i eisiau gwneud hynny. Mae hi wedi'i thynnu hi oddi ar ei bys a'i gosod ar gledr fy llaw i, yn gylch bach melyn, cynnes. Mae yna rimyn bach gwag ar ei bys hi hebddi hi.

'Mi ga' i un newydd heddiw, ti'n gweld.'

'Cewch. Gin Emlyn.'

'Ia.'

'Ma' gynno fo feddwl y byd ohonoch chi hefyd, does?'

'Oes, siŵr iawn. Ac ohonot titha.'

Does fawr o bwys gen i am hynny. Dydw i ddim yn siŵr iawn a oes arna i eisiau iddo fo feddwl y byd ohono

i. Dydw i ddim yn ofnadwy o siŵr ynglŷn â dim byd.

'Mi fydd o'n meddwl ych bod chi'n edrach yn andros o dlws heddiw, yn bydd?'

Mae aroglau'r siop ar ei dillad hi, aroglau newydd, siarp yn gymysg â sent ac mae botymau perlog ei siaced hi'n pigo yn erbyn fy moch i. Sgwn i ydi cariad newydd fy nhad yn gwisgo dillad fel hyn? Ydi hi'n sentiog a modrwyog, tybed, fel dynes grand mewn stori? Ynteu a oes ganddi hithau farclod blodeuog bob dydd a gwallt melyn-mêl sy'n disgyn yn gudynnau o gwmpas ei hwyneb hi ar ôl iddi fod yn rhoi'r dillad allan yn y gwynt a hwnnw wedi chwipio'i wrid ar hyd ei gruddiau hi?

Biti na fasen ni'n gallu aros yma am byth heb i neb ein cyffwrdd ni. Ond fedar hynny ddim bod. Felly rydan ni'n mynd trwodd yn ein holau ein dwy. Yn ein holau at y lleill. Yn cau'r drws ar y parlwr a'i ddodrefn tywyll. Yn cau'r drws ar lle bu'r gweinidog yn colli briwsion ei de bach hyd glustogau'r soffa pan oedd Nain yn crio dagrau. Ac ar lle mae'r prynhawn wedi dechrau llithro rhwng y llenni, a bwrw'i glychau o olau gwyn ar hyd y lle gwag ar y biano lle'r arferai'r llun fod. Yr hen lun ohonyn nhw ar ddydd eu priodas ers talwm.

Tonsuleitis

Golau dydd â lliw dim-byd arno fo. Mae hi'n nosi'n gynnar er bod gweddillion rhyw hen, hen haul wedi dechrau gwlychu godre'r cymylau. Haul hwyr, siabi ydi o sy'n peri i'r awyr felynu fel hen ddilledyn. Rydw inna'n ewyllysio i'r cysgodion ddod i mewn i'r llofft ac aros ar bopeth nes bod dim goleuni ar ôl. Nes bod dim byd, dim ond siapiau onglog y dodrefn, a synau'r teledu'n codi ac yn gostwng yn bell, bell i ffwrdd, yn diddanu pawb arall yn y tŷ. Yn gwneud iddyn nhw anghofio 'mod i'n bod. Ac mae yna ogla bwyd yn y llofft am na cha i fynd i lawr at y bwrdd i gael fy mhrydau. Ogla cynnes cawl cyw iâr a briwsion yn y gwely.

Hen dŷ ydi'n tŷ ni. Does 'na ddim gwres yn y llofft, ond mae 'na le tân. Un bychan, bach, hen-ffasiwn, wedi'i baentio'n dwt. Ac mae'r grât gul yn lân a basgedaid o flodau sychion ynddi hi am fod rhywun wedi cau'r corn simdda flynyddoedd yn ôl. Mae yna rywbeth yn drist yn y blodau; chân nhw ddim marw, er eu bod nhw'n hen. Mi fasai'n well gen i dân. Mae'r cyfar gwely'n oer o dan fy mysedd i a minnau'n crynu ac yn tynnu fy llaw yn ôl wrth gofio'i geiriau hi:

'Paid ti â fflantian dillad y gwely 'na rŵan, 'cofn i ti gael oerfal! Ti'n 'y nghlywad i? Neu 'fendith yr hen wddw 'na byth i ti!'

Felly rydw i'n swatio dan y dillad er 'mod i'n chwys

doman. Er mwyn i mi fendio. Er mwyn i mi fedru llyncu fy mhoeri eto heb deimlo bod tamaid o lechen yn sownd yn fy nghorn gwddw i, yn sticio i fyny fel llafn cyllell ac yn tynnu dŵr poeth i'm llygaid i.

'Agor dy geg yn fawr.' Ond mae ceg Doctor Ŵan wedi'i chau'n dynn ac yn troi at i lawr am ei fod o'n trio cadw'i sbectol hanner-lleuad rhag syrthio oddi ar flaen ei drwyn o wrth iddo fo edrych i fy llwnc i.

'Tonsuleitus!' medda fo'n uchel, yn sbio'n bwysig ar Mam fel tasa fo'n disgwyl iddi roi medal iddo fo. A finna'n teimlo'n saith gwaeth am fod yr '—eitus' ar ddiwedd y gair yn swnio'n boenus ac ofnadwy, a 'ngwddw i'n brifo mwy fyth am fod yna ddagrau ynddo fo hefyd.

Hen brynhawn hwyr, pell-i-ffwrdd ydi o rŵan, pan oedd bag du'r doctor yn ddychryn ar ganol y bwrdd ac ogla lobsgows lond y gegin. Pan oeddwn innau'n llyncu cyllyll a 'mhen i'n boeth a'r sosban ar y stof yn cyd-ffrwtian â'r gwres tu ôl i'm llygaid i . . .

Dim ond dau o'r tabledi hirion coch-a-du sydd ar ôl. Mae hi wedi cymryd wythnos i mi'u llyncu nhw i gyd a heddiw mi fydd pob un wedi mynd. Rydw i'n hiraethu bron wrth weld y botel yn gwagio.

'Ydi dy betha di i gyd gin ti?'

'Ydyn.'

'Dy bres bws di?'

'Ydi.'

'Y llythyr 'na i Miss Robaij?'

' "Misus" ydi hi. Misus Robaij. 'Dach chi ddim 'di sgwennu'i henw hi'n iawn.' Sgwn i ydi Mam yn cofio Doctor Ŵan yn dweud nad oes yna neb yn gwella'n iawn nes eu bod nhw wedi cymryd eu tabledi i gyd.

'Twt lol! Mi fydd hi'n gwbod mai iddi hi mae o. Rŵan, tyrd yn dy flaen a rho'r bechdana 'ma yn dy fag.'

Yn frysiog, brysur. Fel tasa hi wedi anghofio 'mod i wedi bod adra'n sâl ers wythnos. Fy hel i trwy'r drws â'i llygaid ar y cloc fel tasa 'na ddim tonsuleitus wedi bod. Fel tasa hi ddim yn gwybod bod yna ddau o'r tabledi ar ôl.

Emlyn sy'n fy nanfon i at y bws. Mae'r fan yn oer ac mae ogla bwyd defaid ynddi hi. Rydan ni'n sgytian yn swnllyd i lawr i'r pentref ac mae pawb yn sbio arnan ni'n cyrraedd. Mi fasai'n well gen i petawn i wedi cael cerdded, er mwyn i mi fedru llithro at ochor y lleill heb i neb sylwi. Rydw i'n croesi'r lôn at Luned. Mae hi'n eistedd ar sil ffenest y siop jips â golwg biwis arni, ei phennaglinia hi'n edrych yn wyn ac yn oer.

'Ti'n cael dy sbwylio'n barod gin dy dad newydd,' medda hi, heb ofyn imi ydw i'n well. Mae Emlyn yn canu'i gorn ac yn codi'i law wrth basio. Rydw i'n troi 'nghefn arno fo a chymryd arnaf na chlywis i mohono fo ac mae Luned yn dal i edrych ar ei thraed, a'i gên hi'n dynn. Mae arna i eisiau'i hateb hi'n ôl, dweud nad fy nhad ydi o, bod gen i dad yn barod. Yn lle hynny rydw i'n gofyn:

'Ti'n iawn, Luned?' Am fy mod i'n dal i gofio nad oes ganddi hi ddim tad o gwbwl.

'Wrth gwrs 'mod i'n iawn!'

Rydw i'n meddwl amdani'n gorfod mynd o gwmpas yr ysgol ar ei phen ei hun ac yn eistedd yn unig uwchben ei bechdanau amser cinio. Rydw i'n euog, a dydi Luned ddim yn codi'i llygaid chwaith. Wn i ddim sut i ddechrau'r sgwrs ond fedra i ddim mynd oddi wrthi i sefyll i rywle arall. Luned ydi fy ffrind gorau i. A'r plant

42

mawr ydi'r lleill, na fyddan nhw byth yn trafferthu i siarad hefo ni. Mae'r bechgyn yn cicio bagiau'i gilydd oddi ar y pafin, yn tynnu ar y genod hŷn sy'n cogio edrych i lawr eu trwynau er eu bod nhw'n chwerthin yn isel i wynebau'i gilydd o achos eu bod nhw'n mwynhau'r sylwadau cras. Mae Nerys Now Glo a Janet yn fwy coman na'r genod eraill ac wrth eu boddau'n codi ofn ar y plant lleiaf. Maen nhw'n gwisgo paent glas sy'n gwneud eu llygaid nhw'n gleisiau ac yn gweiddi pethau hyll yn ôl ar y bechgyn er mwyn cael dangos eu hunain. Pan ddaw'r bws mi fyddan nhw i gyd yn rhannu'r sedd gefn fel petaen nhw'n ffrindiau pennaf. Dydyn nhw ddim chwaith. Mae arnyn nhw i gyd ofn Nerys go iawn. Ond mae hi'n glyfrach na nhw. Yn rhannu sigaréts ei thad er mwyn cael y bechgyn i eistedd bob ochor iddi. Yn sbeitio pawb sydd ddim yn perthyn i'w ciang nhw er mwyn i'w dilynwyr hi deimlo'n saff. Dyna pam mae Nerys Glo'n glyfar. Wrth wneud pethau felly mae hi'n gwneud yn siŵr na fydd hi byth yn gorfod bod ar ei phen ei hun. O achos mai dyna'r peth gwaethaf. Bod heb neb. Fel Luned am wythnos gyfan tra oeddwn innau yn fy ngwely'n gwylio'r botel dabledi'n gwagio. Luned yn camgopïo syms, yn eistedd ar ei phen ei hun yng nghefn yr ystafell Wyddoniaeth wydrog â'r ogla nwy ynddi, yn syllu ar y sgerbwd plastig sy'n hongian tu allan i'r cwpwrdd ac yn gwrando ar ddim byd, dim ond gwrando am y gloch.

'Be' ddaru chi yn y gwersi Cymraeg?'

Nid bod Luned yn gwrando rhyw lawer yn y gwersi hynny chwaith, ond rydw i'n poeni am fy mod i wedi colli wythnos o'r rheiny. Mae hi'n crychu'i thrwyn wrth geisio cofio'r ffasiwn ddiflastod.

'Sgwennu gormod, fel arfar.' Dydi hi ddim ond yn dweud hynny am ei bod hi'n gwybod mai dyna un o'n hoff bethau i. 'A mi fuo fo'n sôn wrthan ni am y dyn 'ma. Rwbath efo lot o enwa'.'

'Lot o enwa'?'

'O'dd o'n dŵad o rwla'n ymyl y mynyddoedd. Yn sgwennu poitri a ballu. Mi ddaru o ddeud basa talcian 'i dŷ fo'n cracio neu rwbath ar ôl iddo fo farw. Diflas.' Mae'i llygaid hi'n culhau. 'Dwi'n cofio dim byd arall.'

Mi fedrwn i'i thagu hi am fod mor ddi-hid. Mae gen i feddwl y byd o'r athro Cymraeg. Mae ots ganddo fo am bethau. Dydi o ddim yn sbïo dros eich pen chi 'run fath ag mae'r athrawon eraill yn ei wneud — fel tasech chi ddim yn bwysig. Mae ganddo fo lygaid ffeind a llais sy'n gwneud i chi fod isio gwrando. Mi wnawn i unrhyw beth i'w blesio fo, ac mae Luned yn fy ngwylltio i hefo'i difaterwch a'i sgwennu-traed-brain. Mae hi wedi dechrau cicio'i sodlau yn erbyn y wal.

'Pam na fasat ti 'di gwrando mwy arno fo?'

'Pam na fasat titha 'di dŵad i'r ysgol, ta?'

Mae hi'n troi oddi wrtha i'n sydyn am ei bod hi'n gwybod pa mor wirion oedd hi'n gofyn peth o'r fath ac mae wyneb y bws ysgol yn chwyrnu i'r golwg, y lampau blaen crwn a'r rhwyll metel hen-ffasiwn yn edrych fel llygaid a thrwyn rhyw anghenfil araf, clên. Wrth iddo rygnu'n fyglyd at ochor y palmant mae sŵn ein traed ni i gyd yn clepian ar hyd y concrid yn un cryndod barus.

'Symudwch o'r ffor'! Babis diawl!'

Mae fy mhennaglinia i'n dalpiau o oerni crwn uwch ben fy sanau i.

'Tyrd, Jan, brysia! Dwi'n sâl isio smôc!'

Y genod mawr. Yn harthio ac yn gwthio, eu hogla nhw'n gymysgfa o sent rhad a bybl gym. Ond mae hi'n gynnes unwaith ein bod ni wedi dringo i'r bws, yn glyd, er ein bod ni'n gorfod llyncu ogla'r llwch a surni hen faco, a'r injan yn ysgwyd ein perfedd ni.

'Ti isio peth-da poeth?'

'Dwi'm yn 'u lecio nhw.'

Mae'r angar oddi ar y ffenest wedi gwlychu llawes fy nghôt i, a hwnnw'n hen wlybaniaeth perlog sy'n sgleinio hyd y brethyn fel petae rhywun wedi poeri arno fo. Mae Luned yn troi'i phen wrth i mi gadw'r paced. Roedd hi'n eu lecio nhw'n iawn wythnos yn ôl. Ond nid y pethau da sy'n fy mhoeni i. Mae sŵn injan y bws a thwrw'r gweiddi a'r chwerthin yn gwau'n aflafar trwy'i gilydd ac yn hofran o'n cwmpas ni ac uwch ein pennau ni. Tonnau o sŵn sy'n gwrthod ein cyffwrdd ni. Luned a minnau. Hi a fi. Distawrwydd gludiog, chwithig rhyngon ni'n dwy er bod ein hysgwyddau ni'n cyffwrdd ei gilydd. Pethau cul, caethiwus ydi seddi bws. Ar gefn y sedd o'n blaenau ni mae llosgiadau sigarét, llythyren 'O' o losgiadau, yn ddu ac yn grwn ac yn berffaith. Rhyfedd weithiau fel mae pethau hyll yn gallu edrych yn dwt.

Rydw i'n falch o weld y daith herciog yn dod i ben oherwydd bod pwdfa Luned wedi difetha pob dim. Ac mae'n gas gen i'r hen deimlad isio-crio tynn yma sy'n dechrau pigo cefn fy ngwddw i. Wnes i ddim gofyn am gael bod yn sâl am wythnos gyfan, gron. Mae iard yr ysgol yn edrych yn llwyd, a'r pyllau dŵr glaw a'u hymylon bratiog wedi'u gadael heb eu cyffwrdd fel doluriau gwlyb. Iard lwyd. Pyllau llwyd. Heddiw mae popeth yn llwyd. Mi leciwn i dynnu pen fy mys ar hyd wyneb yr hen fore di-ddim yma a gadael fy ôl yn llinell wen, fel bydd yr hogia mawr pan fyddan nhw'n torri'u henwau yn y baw ar hyd ochrau'r bws.

'Luned, brysia. Dwi'n aros amdanat ti ers oes! Mi oedd ych bws chi'n goblyn o hwyr bora 'ma!'

Nid fi sy'n siarad. Rhywun arall. Rhywun arall yn cyfarch Luned fel y baswn i'n ei wneud. Mae'r geiriau cyflym, cyfeillgar yn ei meddiannu hi wrth iddi ddisgyn i lawr o'r bws. Yn ei gwneud hi'n bwysig. Yn peri iddi luchio'i phen yn ôl yn dalog er mwyn hel ei gwallt o'i hwyneb; y gwallt coch yna sy'n rhan mor annatod ohoni â'r croen gwelw a'r brychni haul. Gwallt coch a'i wrid o'n pylu, yn tywyllu fesul cudyn fel blewyn llwynog ar y glaw.

'Dwi 'di cadw lle i ti hongian dy gôt wrth ymyl f'un i. Be' sgin ti heddiw — brechdana? Ydi dy betha nofio di gin ti . . ?'

Y llall sy'n siarad. Y ffrind newydd. Yn parablu fel pwll y môr ac yn cymryd arni nad ydw i ddim yno. Mae hi'n cydio ym mraich Luned hefo bysedd bach gwynion a'u hewinedd wedi'u cnoi i'r byw. Bysedd a'u pennau nhw'n goch, fel llygaid a fu'n crio.

'Luned? Lle ti'n mynd?'

Mae hi'n edrych dros ei hysgwydd heb godi'i llygaid, a'i hwyneb hi fel petae o wedi mynd yn llai.

'Ma' Carol 'di cadw lle i mi.'

Mae'n rhaid ei bod hi'n chwarter i naw ar ei ben o achos bod yna gloch yn canu. Pam na ddyweda i rywbeth? Ond fedra i ddim meddwl am ddim byd. Mae hi'n haws sefyll a gadael iddyn nhw fynd, gadael i'r honglad o adeilad o 'mlaen i lyncu tramp eu traed nhw i gyd.

'Styria, 'mechan i, neu hwyr fyddi di! Dwi'n ama dim nad ydi'r hen gloch 'na 'di canu ers meitin!'

Dreifar y bws. Yn clecian pesychu ac yn sugno ar ei smôc. Ond dim ond newydd ganu mae hi. Mae'r geiriau 'LLAIN MOTORS' wedi'u gwnïo uwchben poced frest ei gôt o mewn llythrennau cochion. Ond mae o wedi anghofio amdana i'n syth ac yn llywio'i fws yn llafurus er mwyn anelu am y giât. Mae hi'n iawn ar ddreifars 'run fath â fo. Does dim rhaid iddyn nhw aros yma. Erbyn hyn mae'r iard wedi gwagio i gyd. Mi fedra i weld pennau'n symud ar hyd y coridor hir ac rydw i'n aros iddyn nhw ddiflannu cyn mynd i mewn. Mae cotiau pawb yn chwyddo trwy'i gilydd ar hyd y pegiau, ambell anorac liwgar yn bolio'n bowld ymysg y lliwiau tywyll. Mae hi'n hawdd adnabod y rheiny. Y cotiau lliwgar. Y rhai â phatrwm arnyn nhw. Un batrymog sydd gan Luned. Mae hi reit ar y pen. Ac un arall, las, oddi tani hi . . .

Mi arhosa i yma nes bydd y gwasanaeth drosodd. Mae hi'n rhy hwyr rŵan, beth bynnag. Mi fedra i eu clywed nhw'n dechrau canu. Wêl neb mohono i yma rhwng y cotiau. Er nad oes dim ots gen i chwaith. Mae gen i esgus iawn os daw un o'r athrawon. Mi ddangosa i'r llythyr sgwennodd Mam i Misus Robaij. Y llythyr sy'n dweud mai fi yw'r un a fu adra'n sâl. Am wythnos gyfan, gron. A dydw i ddim wedi gwella'n iawn eto chwaith. Ddim yn llwyr. Ond fi ydi'r unig un sy'n gwybod hynny rŵan. Fi ydi'r unig un sy'n gwybod bod yna ddau o'r tabledi ar ôl yn y botel o hyd.

Enfys

Enfys. Dim ond hanner un. Cynffon o liwiau India Roc yn crogi uwchben coed trefnus a thoeau tai. Mae'r byd yn brafio'n felyn tu allan i'r ffenest a does neb yn trafferthu i sylwi. 'Nhad ydi'r dyn 'ma yn ei siwt. Mae o'n edrych yn deneuach.

'Rhaid i ti drio'n g'letach hefo'r syms 'ma.'

Hen bethau hyll ydi adroddiadau ysgol. Mae o'n dal f'un i o'i flaen ac yn edrych fel petae o'n mynd i'w ddarllen o'n uchel. Dydi o ddim yn gwneud chwaith. Dim ond edrych felly mae o. Mi fedra i weld y plygiad hir sydd fel llinell pensel trwy ganol y papur. Doedd hwnnw dim yno nes i mi blygu'r amlen yn ei hanner yn fy mag ysgol, a rŵan ddaw o byth o'na.

'Ma'ch tad yn un da hefo Maths.'

Mae Celia'n rhoi'i phig i mewn i'r sgwrs wrth gerdded i mewn i'r stafell hefo hambwrdd. Yn dweud petha wrtha i am fy nhad fy hun fel taswn i ddim yn ei 'nabod o. Mi fuo hi'n gwrando arnon ni trwy'r twll c'loman rhyfedd 'na sydd ganddyn nhw rhwng y stafell fyw a'r gegin. Hafn yn y wal a drysau ynddo fo er mwyn i bobol basio bwyd i'w gilydd trwyddo fo. Ond dydi Celia ddim yn gwneud hynny. Mae hi'n meddwl ei bod hi'n edrych yn fwy mawreddog wrth gario'r tre, debyg iawn. Mae'r twll c'loman yna er mwyn i Celia fedru clywed am be' mae pobol yn siarad. Weithiau mae hi'n lluchio'r drysau bach yn agored a rhoi'i phen trwodd fel sioe Pynsh-an-Jiwdi er mwyn iddi gael busnesu.

'Fedra i'm diodda Mathemateg!'

Mae hi'n sbïo arno fo fel taswn i wedi rhegi. Mae yna blatiad o deisennau ar y tre. Teisennau siop. Un bob un i ni'n tri. Mae'r geiriosen sy'n sgleinio ar dop bob teisen yn goch, goch fel ewinedd Celia.

'Maths a Saesneg,' medda Celia. 'Mae'n rhaid i chi gael y rheiny os 'dach chi am fynd yn eich blaen.'

Mae hi'n gosod yr hambwrdd i lawr ac mae'r llestri te'n gryndod o glychau bach i gyd. Gwerthu ffrogiau mae hi mewn siop-ddillad-merched-ddrud. 'Mynd yn eich blaen' ydi peth felly, mae'n rhaid. Ac mae'r enfys yn pylu, yn toddi fel lolipop rhew.

'Dwi wedi cael marcia da hefo Cymraeg.'

Mae'n rhaid i mi ddweud rhywbeth o achos eu bod nhw'n edrych ar fy ngwefusa i ac mae'r stafell wedi mynd yn ddistaw i gyd, heblaw am sŵn y gwres canolog yn dod ymlaen — twrw clecian cynnes fel eithin yn yr ha'. Wyddwn i ddim beth oedd o pan ddois i yma i ddechrau; peth diarth, newydd ydi o — nid fel adra; acw mae yna dân agored ac mi fedrwch chi syllu am oriau ar siapiau'r fflamau yn gwau trwy'i gilydd fel cythreuliaid yn dawnsio. Mae edrych i lygad fflam fel edrych ar gwmwl a hwnnw'n newid o hyd. Mi fuo gan Taid ast ddefaid aeth yn ddall, medda Mam, am ei bod hi wedi sbïo gormod i'r tân.

'Cymraeg?' medda Celia. Mae hi'n didoli'r cwpanau a'r soseri, yn dewis y banad wannaf i mi.

'Cymraeg,' medda 'nhad, ond heb ei wneud o'n gwestiwn, fel y gwnaeth Celia. 'Ti'n cael hwyl ar hwnnw, wyt?'

'Lle'r eith hwnnw â hi, Gwyn bach?' Llais melys-mêl ond â blas rhywbeth diarth arno fo, fel cymryd pilsen-cur-pen mewn llwyaid o jam. 'Dydi o'n da i ddim byd ar ôl croesi Pont Borth!'

Rydw i'n edrych i'w gyfeiriad o ond dydi o'n dweud dim, ac mae Celia'n tynnu'r ffrilen bapur oddi ar y deisen fach 'siop' cyn ei rhoi ar blât iddo fo. Mae golwg feddal, bell yn ei lygaid o. Rydw i'n trio meddwl faint o ffordd sy 'na o Bont Borth i'r fan hyn. Does yna'r un ohonon ni'n gwybod beth i'w wneud â'r distawrwydd heblaw am ei lenwi â synau te bach — cyllell yn crafu plât, tincial llwy mewn soser, gyddfau'n trio llyncu'n ddistaw ac yn clecian yn feddal wrth wneud, fel pigau adar bach ar grystyn.

'Dach chi ddim yn yfed eich te, Mari.' Ac mae'i llygaid hi'n gofyn: Oes 'na rwbath yn bod arno fo'r gnawas bach ll'gadog? I be' ma' raid i ti edrach mor fanwl i 'ngwynab i ac i gongla'r stafelloedd fel taet ti'n chwilio am lwch? Ond mae'i cheg hi'n gwenu'n goch o hyd.

'Dipyn yn boeth i'w yfad ydi o ar hyn o bryd.' Er nad ydi o ddim. Blas dŵr poeth a llefrith sy arno fo ac mae arna i isio chwerthin wrth feddwl be' fasa Emlyn yn ei alw fo.

'Be' 'dach chi'n feddwl o Woolton? Gwahanol iawn i'ch "adra" chi, dwi'n siŵr.'

Mae golwg fodlon ar Celia wrth iddi blygu papur ei theisen fach rhwng ei bys a'i bawd. Mae tipiadau'r cloc lliw aur yn diferu'n gyson i'r stafell fel glaw'n disgyn oddi ar landar.

'Ma' 'na dŷ yn ein hymyl ni hefo'r un enw â fama.'

'*Birch Cottage*? Ydi, mae o'n dlws, tydi?'

'Naci. Ty'n Fedwen. Mae o'n neisiach yn Gymraeg.'
Mi faswn i'n lecio gofyn sut medar neb alw bynglo ar stad
yn 'gotej', ac mae'r te wedi oeri yn fy nhgwpan i.

'Mi gliria i'r rhain ta, os 'di pawb wedi gorffen,' medda
Celia. Mae yna ogla sent arni wrth iddi gerdded heibio
i mi.

'Dach chi'n cofio Now Ty'n Fedwen, dydach, Dad?
O'dd o'n andros o hen.'

'Oedd, debyg iawn.'

'Ac yn deud yr hanas amdano fo'i hun yn rhyfal bob
tro'r oeddan ni'n ei weld o.'

''Rhen gr'adur. Mi welodd betha mawr, sti. 'I ffrindia
fo'n marw'n y ffosydd o flaen 'i llgada fo.'

''Fath â Hedd Wyn.'

Mae 'nhad yn gwenu. Mae o'n cofio am bethau heblaw
Now Tomos Ty'n Fedwen yn poeri am ein pennau wrth
iddo fo siarad am nad oedd gynno fo'r un daint yn ei ben
ac yn sôn am y rhyfel a'r cocrotsiys gymaint â dynion oedd
yn cerdded dros ei wyneb o yn y nos. Mae o'n cofio'r
llwybyr troed trwy gaeau Tŷ Calch a dail y Goeden Fawr
yn troi tu chwynab i gyd pan oedd chwythiad glaw ynddi
hi. A'r globan hen fuwch ddu honno â'i chyrn yn troi at
i fyny yn torri oddi wrth y lleill i syllu arnan ni'n cerdded
y clawdd â'i llygaid yn isel. Cyrraedd adra wedyn, a Now
Ty'n Fedwen wedi rhoi llond bag o gaws llyffant i ni i'w
rhoi i Mam — rheiny'n llaethog-wyn ag ogla'r ddaear
arnyn nhw, ogla coediog, cryf . . .

Mi fedra i weld yn ei lygaid o ei fod o'n cofio hynny
i gyd; mae'r llinellau yn eu corneli nhw'n dynn fel
pwythau am ei fod o'n meddwl am y cwningod ers talwm
yn tyllu dan y tŷ gwydr, am Lisi Tŷ Calch yn hongian

blwmar coch ar lein pan oedd hi isio i'r fan fara alw, am y paent gwyrdd yn plicio oddi ar y drws-allan ac yn disgyn yn friwsion ar hyd y gorddrws, yn flêr ac yn anodd i'w codi fel hen gonffeti . . .

Mae'r meddalwch yn ei lygaid o'n rhoi hyder i mi.

'Lle ma'ch cetyn chi?'

Doedd o ddim yn disgwyl i mi ofyn hynny — mae'i chwerthiniad o'n rhy sydyn, yn neidio'n gwta o dwll ei wddw fo.

'Wedi rhoi'r gora iddo fo, 'mechan i. 'Rhen smocio 'ma, weldi. Di o'm d'ioni i neb yn y pen draw.'

Nid felly y basa fo wedi dweud ers talwm. Mae o'n sbïo i'r grât, ac mae'r glo cogio sy'n llosgi yn y tân trydan yn syllu'n ôl fel llygad tsieni, heb wincio'r un dim. Tân glân, llonydd a'r teils marmor o gwmpas y grât yn grand, yn llithrig oer — mi fasai curo'ch pibell ar y marmor gwyn fel gwagio baco ar allor.

'Ma' gynnoch chi hawl, os 'dach chi isio.'

'I be'?'

'I smocio'ch cetyn.'

'Dwi 'di deud wrthat ti. Dydw i ddim wrthi bellach.'

'Dach chitha'n byw yma hefyd.'

'Mari . . .'

'Peidiwch â gadael iddi ddeud wrthach chi be' i neud!'

Mae o'n anadlu'n drwm yn y distawrwydd ac yn edrych i gyfeiriad y twll c'loman yn y wal.

'Dwi ddim am i ti redag arni hi, Mari.'

Mae o wedi chwalu'r hud heb orfod dweud ei henw hi o gwbl. Tu mewn i 'mrest i mae yna rywbeth yn gloynna'n aflonydd. Nes bod o'n brifo. Nes 'mod i'n pwyso cledar fy llaw yn erbyn y cnawd er mwyn ei dawelu o.

'Dach chi'n ol-reit, Mari? Sgynnoch chi boen?'

Mae hi wedi siffrwd yn ei hôl i'r stafell, yn ei gosod ei hun yn ysgafn ar fraich ei gadair o. Maen nhw'n mynd â fi i'r sŵ fory. I weld anifeiliaid mewn caetsys. Ac mae olion y gawod olaf yn dal i wincio ar hyd y ffenest fel ll'gada ar wyneb lobsgows.

'Ateb Celia, 'nei di? Ma' hi 'di gofyn rwbath i ti.'

Mae'r tamaid enfys wedi mynd i gyd, a rŵan mae yna ffrilsen o heulwen yn sownd wrth y llenni.

'Dwi'n iawn, diolch.' Mi fydd Emlyn yn mynd rownd y defaid tua'r adeg yma. Rhag ofn bod yna ddafad â dolur oen arni.

'Gawn ni hwyl fory. Yn gweld y llewod a ballu! Dach chi'n ffond o anifeiliaid, medda'ch tad!'

Hen betha-fel-fynnon-nhw ydi defaid, yn ôl Emlyn. Ran amlaf mi ddôn ag ŵyn yn ddi-lol; dyblu a threblu a llenwi'r sied ag ogla gwaed a gwlân gwlyb. Weithiau mi gewch chi drafferth hefo ambell i lydnas yn dŵad ag oen am y tro cynta . . .

'Ella bydd ganddyn nhw fabis, wyddoch chi!'

'Pwy?'

'Y llewod!'

Sgwn i ydi Mali wedi dŵad ag oen bellach? Mi ges i ei dewis hi i mi fy hun o ganol ŵyn llynedd. A fi fydd piau'i hŵyn hi i gyd, medda Emlyn. Ond mae hi'n hwyrach na'r lleill, ar ôl ei hamser . . .

'Mi fydd 'na deigar hefyd, ma' siŵr. Er na liciwn i ddim mynd yn rhy agos at hwnnw chwaith, liciech chi?'

Mae yna lwynog o gwmpas caeau Tŷ Calch. Mi welson

ni o llynedd, Emlyn a finna. Yn fychan, felyngoch, yn llithro'n braf rhwng y tyfiant hir fel edau trwy nodwydd. Mi oedd Emlyn yn amau mai llwynoges oedd hi. Ast yn llai bob amser, medda fo. Mi fydd isio i ni watsiad amdani rŵan, rhag ofn. Hen gnafon brwnt ydi llwynogod. Mi ân â phen oen bach cyn i'r ddafad orffen dŵad â fo. Dyna un o'r pethau hyllaf welais i erioed — oen bach wedi'i eni heb ben . . .

'Rhaid i ni beidio sefyll yn rhy agos at eu caetsys nhw fory, Mari. Rhag ofn, te? Fedra i ddim meddwl amdanyn nhw'n lladd petha chwaith, fedrwch chi? Mae'r rhai bach mor "ciwt" . . .'

'Ga i ffonio adra, plîs?'

Mae hi'n cau'i cheg. Mae o'n edrych ar ei wats.

'Be'? Rŵan?'

'Isio gofyn rwbath.'

'Mi weli di dy fam nos fory.'

'Efo Emlyn dwi isio siarad.'

Mae'r poen yn ei lygaid o rŵan — maen nhw fel petaen nhw wedi cleisio.

'Paid â bod yn hir, ta.'

Mae'r ffôn ar fwrdd bach sigledig o flaen drws y ffrynt. Un gwyn ydi o. Un du sydd gynnon ni adra. Un mawr hen-ffasiwn sy'n oer yn erbyn eich clust chi.

'Sut ma' Mali, Emlyn? Ydi hi'n iawn?'

Siort ora, medda fo. Synnai o damaid tasai ganddi hi oen bach erbyn nos. Mae o'n gofyn lle'r ydan ni'n mynd fory.

'I weld mwncwns yn sŵ.'

Mae'i chwerthin o'n llenwi'r ffôn. Ydw i'n cael hwyl?

'Iawn, am wn i. Dipyn o rwdlan ydi "Hi". A ma' hi'n gneud te 'fath â piso dryw!'

Dydw i ddim wedi sylwi ar 'nhad yn sefyll yn y cysgodion. Mae o'n llithro heibio i mi heb ddweud dim, heb edrych. Mae Emlyn wedi rhoi'r ffôn i Mam ond fedra i ddim clywed ei geiriau hi, dim ond sŵn ei llais hi a hwnnw'n gwneud i mi fod isio crio.

'Ti'n iawn, Mari?'

'Yndw.'

'Sgin ti'm byd i ddeud?'

'Dim felly.'

'Wedi deud y cwbwl wrth Emlyn wyt ti, ma' rhaid.'

'Ma' rhaid.' Mae'r gwydrau lliw yn ffenest drws y ffrynt yn union fel petha-da-dolur-gwddw.

'Welan ni chdi nos fory ta.'

'Iawn.'

Mae 'ngwddw fi'n dynn wrth feddwl am heno. Mi fydd Mali wedi dŵad â'i hoen cynta heb i mi fod yno. Heno mi fydd y gwely'n ddiarth a'r nenfwd yn sgwâr a'r dŵr poeth yn clecian yn y peipiau. Heno mi fyddan ni'n tri'n bod yn glên nes bydd o'n brifo. A fory mi fydd yn rhaid wynebu'r sŵ.

Ci Bach

'Hen bryd i ni ddechra meddwl am gael ci bach i ti.'

Mae'i lais o'n peri i Jinw ysgwyd un glust fel petae pryfyn ynddi. Heblaw am hynny mae hi mor ddisymud â chath glwt yn yr alcof lle mae'r cynfasau'n eirio. Dim ond y stof sy'n ochneidio wrth sugno oel i'w pherfedd. Dal i wau y mae Mam. Mae'r gweill fel tafodau'n clecian wrth daro'n erbyn ei gilydd — ysbaid, sŵn; ysbaid, sŵn; Sioncyn-y-Gwair a phig deryn to a phres casgliad yn disgyn i'r plât mawr pren. Mae hi fel tasai hi'n cymryd arni i beidio clywed pan mae o'n gofyn: 'Be' ti'n ddeud, Mari Fach?'

Rydw i'n lecio pan fydd o'n fy ngalw fi'n 'Mari Fach'. 'Weli di, weli di, Mari Fach . . .' 'Run fath â'r gân. Fo ddysgodd honno i mi hefyd. Wrth blethu penffustiau, wrth sberu gyda'r nos. Fynta'n canu, finna'n cofio. Mae gan Emlyn lais-canu-steddfod go iawn ond mae o'n cadw hwnnw'n orau — ar gyfer Diolchgarwch a chnebryngau. Mae'n well gen i ei lais-canu-bob-dydd o, y caneuon bach doniol a'r hymian sisialog, suo-gân hwnnw sy'n tawelu anifeiliaid ac yn annog pob hoelen i'w lle. Llais canu dillad gwaith ydi'r llais hwnnw, canu-dwylo-dal-morthwyl, canu-dwylo-cario-gwair. Pan fydd Emlyn yn canu yn ei lais dillad gwaith mi fydda i'n teimlo'n saff, yn teimlo nad oes yna ddim yn y byd sydd yn werth poeni amdano fo go iawn. 'Weli di, weli di, Mari Fach . . .' Ac mi fydd o'n canu'n isel yn ei lais dillad gwaith rhyw ben o bob dydd.

Mae Mam yn codi'i phen o'i phatrwm gwau. Ond rydw i'n gwybod nad oes mo'i angen o arni beth bynnag. Mae hi eisoes wedi gwau dwy gardigan sy'n union yr un fath. Ar Emlyn mae hi'n edrych.

'Ma' gin ti ddau gi gwaith yn barod, neno'r Tad.'

Hi ydi'r un sy'n cymysgu'u bwyd nhw bob nos mewn dwy hen sosban. Un bob un iddyn nhw. Y ci Sgotland mawr blewyn llyfn sy'n gweithio ar ei draed ac yn meddwl fel dyn — does na'r un ddafad yn y deyrnas a feiddiai herio Mac — a Ben fyrbwyll, drwyn-llwynog sy'n setio ar bob dim sy'n symud — y Tractor Bach, y gwartheg, y dandis sy'n cymowta o gwmpas y tŷ gwair. Mae gen i feddwl y byd o Mac a Ben. Ond cŵn gwaith ydyn nhw. Mi fuasai llawn cystal gen i gael ci bychan, crwn hefo coesau byr i gysgu wrth draed fy ngwely fi yn y nos.

'Ast ddefaid fasa'n gneud i ti. Mi gaet ti ei dysgu hi dy hun wedyn. Fel gwnes i hefo Mac a Ben.'

Rydw i'n sbïo ar Jinw. Mae hyd yn oed ei chlust hi'n llonydd rŵan. Mae hi'n gysgod blewog, brith sy'n gwneud dim byd.

'Ma' gin Elin 'Refail gi Pecinî.'

'Be' di peth felly?'

Mae Mam yn gwneud ll'gada bach ar Emlyn:

'Rwbath swnllyd, trwyn smwt â'i din ar y ddaear a chynffon 'fath â brwsh-llnau-potal!'

'Ma' Elin yn cribo'i wallt o ac yn ei glymu o hefo ruban!'

Tro Emlyn ydi hi rŵan i dynnu stumiau:

'Fasa ci rhech fel'na'n dda i ddim i ti tasa ti isio hel defaid i gorlan!'

Ond Emlyn sy'n corlannu defaid, nid fi. Emlyn a Mac a Ben. Ci bach i'w anwesu a'i godi ar fy nglin, ci bach mwythlyd â chynffon tro sy'n rhedeg ar ôl peli sbwnj ac sy'n perthyn i neb ond y fi — dyna sydd gen i ei isio.

'Dwi am roi tro rownd yr anifeliaid 'ma cyn iddi dwllu.' Mi fydd o'n dweud hynny'r adeg yma bob nos, yn codi at ddrws y cefn yn nhraed ei sanau i chwilio am ei gap ac i estyn ei ffon.

Rydw i'n disgwyl iddo wisgo'i gôt a'i sgidiau mawr, yn gwrando am sŵn ei draed o ar y cerrig tu allan, am sŵn y glicied yn codi ar ddrws y cwt-allan lle mae'r cŵn. Rŵan does yma ddim ond y hi a fi.

'Does arna i ddim isio ci os oes raid iddo fo fyw yn cwt-allan a byta'i fwyd o sosban!'

Rydw i'n meddwl am Elin 'Refail a'i chi bach trwyn smwt sy'n cysgu mewn basged ar y landin ac yn bwyta o'i ddysgl ei hun. Un blastig goch â'i enw fo arni — Jo-Jo — mewn llythrennau mawr twt. Mae Mam yn clecian y gweill heb godi'i llygaid.

'A be' am y gath? Dwyt ti ddim ofn i honno ddingyd o' ma tasa 'na gi bach yn dŵad i fyw i'r tŷ?'

'Nhad ddaeth â Jinw i mi. Cyn iddo fo fynd. Roedd hi'n dlws. Yn fechan fach. A'i llygaid hi'n sgleinio'n grwn fel cefnau chwilod yn yr haul. Finna'n methu'n glir â syrthio mewn cariad â hi. Nid yn syth. Nid y diwrnod hwnnw. Nid â'r cês dillad mawr brown yn llonydd yng ngwaelod y grisiau. Mi aeth o trwy ddrws y ffrynt, fel dyn diarth, yn cario'i gôt dros ei fraich.

'Dach chi'n trio deud nad oes dim ots gen i am Jinw

rŵan, tydach? Wel, dydi o'm yn wir! Dydi o'm yn deg! Dwi'n dal yn ffrind i Jinw!'

Mae hi'n gynnes yn y gegin. Pobman yn gynnes. Daw gwres isel o'r stof er ei bod hi'n haf. Gwres sisialog, saff sy'n gwau'i gysur o'n cwmpas, yn rhy glòs, yn rhy ffeind, yn ein mygu'n ni'n dwy. Ac mae hi'n codi ar frys i roi'r teciall i ferwi. Yn sydyn does arna i ddim isio bod hefo hi, hefo'i llygaid sgleiniog hi, hefo llygaid Jinw sy'n cogio cysgu ac yn gwrando ar bob dim. Tu allan, yn yr iard, mae hi'n nosi heb oeri, fel petae yna gaead ar y byd. Mae'r staeniau hir lle bu'r machlud wedi mynd i gyd, fel petae rhywun wedi'u chwalu nhw o'r awyr hefo cadach budur. Does 'na ddim tywyllwch eto, ddim go iawn. Mae hi fel petae'r dydd wedi'i gadw dan gwmwl o hyd heb ddiflannu'n llwyr, dim ond bod yna bantiau duon dan lygaid pethau — pyllau o gysgodion o flaen y siediau a'r tŷ gwair a'r das fechan ym mhen isa'r llain yn pylu'n un hwdwch llwyd; mae'r cowt i gyd yn colli'i liw, fel wyneb yn heneiddio. Mi fedra i glywed sgidiau Emlyn yn crafu'r llwybyr, a chlywed suo'i lais dillad gwaith o a hwnnw fel sibrydiad bron, fel gwlybaniaeth yn suo drwy'r ddaear ar ôl cawod drom.

'Emlyn? Wyt ti yna?'

'Nac 'dw. Bwgan dw i!'

Mae Mac a Ben yn gyffro i gyd, eu traed nhw'n genllysg o sŵn ar gerrig y llwybyr.

'Sbïa balch ydyn nhw o dy weld di, 'chan! Sna'm byd anwylach na chi defaid. Na mwy triw i ti.'

'Nac oes?'

'Nac oes. Na dim byd delach pan mae o'n gi bach. Bwndeli bach o flew du a gwyn ydyn nhw'n gŵn bach a'r rheiny 'mond isio bod yn ffrind i ti a chael mwytha gin ti.'

'Go iawn?'

'Go iawn.'

'Ydyn nhw'n ddelach pan maen nhw'n fychan na chŵn Pecinî?'

Mae o'n tynnu'i ddwylo dros bennau Mac a Ben, yn bario drws y cwt arnyn nhw am y noson. Mae'i ddannedd o cyn wynned â'u dannedd hwythau yn yr hanner-gwyll.

'Swn i'n deud bod pob dim yn ddelach na chŵn Pecinî.'

Mae Mam yn agor cil drws y cefn, yn gollwng rhimyn o olau melyn i'r cowt.

'Ddaw'r banad 'ma ddim atoch chi!' Mae hi'n diflannu heb gau'r drws, yn gadael y goleuni ar ei hôl.

'Be' neith Jinw, Emlyn?'

'Be'?'

'Os ca i gi bach yn tŷ mi redith Jinw i ffwr'.'

'Be' nath i ti feddwl hynny?'

'Dim byd. 'Mond meddwl.'

'Mi wyt ti'n meddwl gormod weithia.'

Mae hi'n llusgo taranu ymhell i ffwrdd — sŵn trwm fel sŵn rhywun yn symud wardrob ar draws rhyw landin uchel, pell.

'Mam ddudodd.'

Dydi o ddim yn ateb, dim ond yn gwrando ar yr awyr.

'Terfysg ynddi hi,' medda fo.

Rydw i'n rhoi fy llaw trwy'i fraich o. Mae brethyn ei gôt yn arw yn erbyn fy moch i.

'Ydan ni am gael storm?'

'Edrach yn bur debyg. Ond pharith hi ddim yn hir, sti.'

Mae o'n gwasgu'n llaw i i'w boced ac yn wincio i lawr arna i. Mi fedra i deimlo briwsion bach o haidd a hadau gwair yn gras o dan f'ewinedd. 'Mi glirith pob man ar ei ôl o, gei di weld. Ma' isio rwbath i dorri'r hen dywydd clòs 'ma. Mi godith pob dim ei ben ar ôl mymryn o law t'rana.'

'Dydi hi ddim isio i mi gael ci bach, nac 'di?'

'Be' ti'n feddwl?'

'Mam. Codi bygythion. Deud basa Jinw'n dingyd. Am na fasa hi'n cael sylw.'

'O. A faint o sylw ma' hi'n ei gael gin ti rŵan?'

Does arna i ddim isio ateb. Mae'r gath yno ond dydw i ddim yn meddwl rhyw lawer amdani rŵan. Mae hi yno. Dyna i gyd. 'Run fath â'r stof oel a'r cŵn tsieina a'r goeden drops dan y ffenest ffrynt. Ond mae llaw Emlyn yn gynnes dros f'un i a rhywsut mi wn i nad ydi o isio i mi deimlo'n euog o gwbwl.

'Petha fel'na ydi rhyw hen gathod, sti, Mari. Annibynnol. Dydi'r rhan fwya ohonyn nhw ddim isio dim byd ond bwyd yn eu bolia a rwla clyd i gysgu. A ma' Jinw wedi cael hynny gin ti 'rioed, yn tydi?'

'Ydi — am wn i.'

'Ac ydi hi'n dy ddilyn di o gwmpas ac yn llyfu dy law di er mwyn cael dy sylw di?'

Rydw i'n ysgwyd fy mhen.

'Wel, dyna fo, ti'n gweld. Nid ci bach ydi hi, naci? Ond ma' hi'n ddigon bodlon ei byd. Teith hi ddim o' ma bellach — ma' hi'n cael lle rhy dda!'

'Go wir?'

'Go wir.'

'A be' am Mam?'

'Be' amdani?'

'Mi oedd hi'n flin hefo fi gynna.'

'Nag oedd. Dipyn yn ddigalon oedd hi, dyna i gyd.'

'O achos y ci bach?'

'O achos ei bod hi'n gwbod na fedri di ddim cadw'r gorffennol dan gaead a disgwl iddo fo ddal i anadlu.'

'Dwi'm yn dallt.'

''Fath â gloyn byw mewn pot jam. Rhaid i ti ei ollwng o rywbryd neu marw fydd ei hanas o.'

'Fydd hi'n iawn rŵan ta? Pan awn ni'n ôl i'r tŷ?'

Mae o'n gwasgu 'mysedd i'n dynn rhwng y brethyn garw.

'Bydd, siŵr iawn. Mae hi wedi cael amsar i feddwl rŵan.'

'Am y ci?'

'Am y gath. Ma' hitha'n gwbod erbyn hyn ei bod hi'n well hefo amball i greadur dy fod ti'n ei garu o o bell.'

Dydw i ddim yn siŵr iawn ai am Jinw ynteu am rywun arall y mae o'n sôn ond mae'r golau melyn sy'n llifo trwy ddrws y cefn yn ein golchi ni'n dau ac mae Mam yn gweiddi 'Panad!' ac yn gofyn pwy sydd isio darn o deisen siwgwr hefyd ac mae'i llais hi'n feddal yn ôl fel bydd o'n arfer bod ac yn gwneud i mi feddwl am gynhesrwydd cynfasau-newydd-eu-plygu ac 'Af i 'ngwely bach i gysgu' ac ogla lobsgows a sebon-sent mewn drorau dillad . . .

'Lle gei di gi bach iddi ta, Em?'

Mae'r diferion cyntaf yn cael eu poeri'n gras yn erbyn ffenest y gegin, glaw gwyn i olchi ymaith y gwres. Ac mae corneli'i llygaid hi wedi crychu'n glên ac mi ddywedith Emlyn wrthi rŵan ein bod ni'n mynd i'r ras gŵn defaid sydd ar gaeau'r Rhos yfory o achos bydd Huw Cae Efa yno hefo'r ddwy ast sydd ganddo fo ar ôl o dorllwyth diwethaf Nel.

'Ga i, Mam?'

Ac mae'r awyr lwythog yn chwyrnu'n hir, yn arllwys ei pherfedd yn drwm ar hyd wyneb y tir.

'Weli di'r un ras gŵn fory os nad ei di i fyny am y ciando 'na reit handi — o nabod Emlyn mi fydd o'n mynnu'ch bod chi'n cychwyn ar eich codiad! Ma' na dipyn o ffordd i'r Rhos, cofia — a dwyt ti ddim am i neb arall gael y blaen arnat ti am y cŵn bach 'na, nag wyt?'

Mae hi'n goleuo mellt fel petae yna rywun yn lampio cwningod yn y llain o dan y tŷ.

'Dach chi am ddŵad hefo ni?'

Mae'r gawod yn arafu a'r dŵr yn canu drwy'r landar.

'Dwi'n meddwl mai aros adra wna i i neud torth frith i de erbyn dowch chi yn eich holau. Ti ddim yn meddwl y basa hynny'n syniad gwell?'

Rhyw gwynfan o bell ydi'r storm erbyn hyn a'r mellt fel petae eu batris nhw'n gwanio.

'Ma'r hen gafod 'na 'di gneud byd o les.' Sŵn Emlyn sydd yna rŵan, yn drachtio'r diferion olaf o waelod ei gwpan de. 'Ddudis i, do, Mari, y basa pob dim yn codi'i ben ar ei ôl o?'

Ac wrth i mi gau'r drws ar fy ôl a dringo'r grisiau mi fedra i glywed ei lais o'n suo drwy'r pared a'r glaw yn y landar yn canu hefo fo — 'Weli di, weli di, Mari Fach . . .' Ac yfory mi ydw i'n mynd i gael ci bach — ast ddefaid ddu a gwyn a'r mymryn lleiaf o frown arni — bwndel bach o flew fydd isio bod yn ffrind i mi yn lle gorwedd fel tegan o flaen y stof drwy'r dydd. Mae cynfasau'r gwely'n oer, braf ag ogla lafant arnyn nhw.

Rydw i am ei galw hi'n 'Gwen'. Enw ast ddefaid go iawn, nid enw Pecinî. A phan ddown ni adra fory, Emlyn a fi, a Gwen yn fwythau i gyd o dan fy nghôt i, mi fydd Mam yn gwenu a'i llygaid hi'n crychu 'run fath â heno, ac mi fydd hi wedi tynnu'r dorth frith o'r popty — a honno'n llenwi'r gegin ag ogla ffrwythau cynnes, croen oren a sbeis, ogla'r Dolig ganol haf.

Brefu'r Ŵyn

Does yna ddim byd y medra i ei wneud.

'Dos di allan am dro, 'mach i. Mi ddo i ataf fy hun yn y munud.'

'Cur pen 'sgynnoch chi, ia, Mam?'

Mae brefiadau'r ŵyn yn cario i mewn drwy gil y ffenest agored, brefiadau bach bregus o bell, fel crio babanod.

'Dach chi'm isio i mi aros hefo chi? Fydd Emlyn ddim adra o'r sêl am sbel.'

'Mi fydda i'n iawn.' Mae fy nghonsyrn i'n gwneud iddi wenu ond dydi hynny ddim yn fy nghysuro i chwaith. Mi fedra i weld y basai'n well ganddi grio. Mae'i gwên hi'n grynedig am fod ei llygaid hi'n llawn. 'Wnei di dynnu'r cyrtans at ei gilydd i mi, Mari? Cyn i ti fynd. Fydda i mo'r un un ar ôl cael rhyw awran fach o orffwys.'

Rydw i'n ufuddhau'n ddistaw. Ond wneith y deunydd blodeuog ddim aros yn llonydd oherwydd bod y ffenest yn agored. Mae'r dydd y tu allan yn anadlu'n gynnes fel rhywbeth byw ac yn chwythu'i gusanau melyn yn gyfrwys o dan y llenni.

'Dach chi'n siŵr y byddwch chi'n iawn?'

'Dos di.' Ac mae'i llygaid hi'n cau dros y gwlybaniaeth perlog.

Mae'r tŷ'n ddistaw onibai am y cyrtansiau'n anadlu ac ambell ddodrefnyn yn clecian ei gymalau yn ei gwsg. Mi fasai'n well gen i petae hi'n ddiwrnod llwyd a hithau'n

65

glawio'n drwm. Dydi hi ddim yn teimlo'n iawn, rhywsut, bod yr haul yn dawnsio ar hyd y dodrefn a Mam ddim hanner da. Ches i ddim cyfle chwaith i ddweud wrthi am y poen yn fy mol inna. Roedd hi'n edrych yn rhy flinedig a minnau'n gwybod nad salwch oedd arna i go iawn.

Mi ddeudodd Elin 'Refail ei bod hi'n hen bryd i mi ddechrau. Mi ddigwyddodd o iddi hi yn yr ysgol a Miss Huws P.T. yn mynd â hi i'w stafell fach ger y gampfa a rhoi rhywbeth gwyn iddi i'w roi yn ei blwmar.

'Ti'n cael nhw bob mis,' meddai hi'n wybodus. 'Nes dy fod ti'n hannar cant! Dyna sut wyt ti'n mynd yn ddynas go iawn ac yn medru cael babis!'

Roedd hi'n cymryd arni nad oedd dim ots ganddi hi er ei bod hi wedi bod am oriau yn stafell Miss Huws a bod ymylon ei llygaid hi'n goch. Rydw i'n disgwyl amdanyn nhw ers tua blwyddyn. Y 'petha-ma-merchaid-yn-eu-cael'. Ers pan ddechreuodd Luned ddau ddiwrnod cyn ei phen-blwydd yn ddeuddeg oed. Mae Mam wedi dweud wrtha i beth i'w wneud. Petae 'rwbath yn digwydd' a hithau ddim yna. Wedi estyn pecyn newydd o glytiau bach hirsgwar yn barod ers wythnosau a'i guddio'n dwt yn nrôr fy nillad isa. Rhaid i mi beidio â dychryn, medda hi. Ac mae popeth yn barod, rhag ofn. Ond dydw i ddim yn barod amdanyn nhw heddiw, y 'petha-merchaid', ddim â Mam yn sâl. Dydw i ddim isio meddwl heddiw eu bod nhw wedi digwydd i mi, eu bod nhw'n rhan ohonof fi rŵan. Bob mis nes bydda i'n hanner cant. Mae hynny'n oes gyfan. Does arna i mo'u hisio nhw. A does arna i fawr o isio bod yn hanner cant chwaith.

Mae'r haul fel cap ar dop 'y ngwallt i wrth i mi gamu allan i'r cowt lle mae'r Tractor Bach a'r aroglau melys, hafaidd sy'n dianc o dan do'r tŷ gwair. Mae'n rhaid imi ddringo'r giât yn ofalus heddiw. Codi un goes yn araf, ac wedyn y llall, fel hen wreigan â chricmala. Mae'n gas gen i feddwl am orfod bod fel hyn am byth. Mae fy ffroenau i'n llenwi ag aroglau'r gwartheg sy'n gorwedd yn un clwstwr swrth ar ganol y borfa â'u cyrn fel esgyrn noeth. Dydyn nhw'n cymryd dim sylw ohono i na Gwen, dim ond codi'u llygaid i syllu am fod eu pennau nhw'n drwm.

Mae'r ast fach yn dilyn ei thrwyn drwy'r tyfiant gwalltog, yn gwybod yn union i ba gyfeiriad y byddwn ni'n anelu. I fyny ger y clawdd at y Goeden Fawr. At y gamdda y buon ni'n ei dringo mor ofalus ers talwm pan dorrodd Luned ei garddwrn. I lawr at yr afon sy'n llifo'n llonydd am ei bod hi'n haf. Mae'r dŵr yn fas oherwydd y tywydd sych a'r cerrig crwn sydd ar y gwaelod yn chwyddo'n fawr i'r wyneb fel penaddynnod.

Rydw i'n eistedd yno am hydoedd yn y gwres, yn swrth 'run fath â'r gwartheg, o achos bod rhywbeth yn cnoi yng ngwaelod fy mol i fel petawn i wedi bod yn byta 'fala surion. Mae hi'n rhy braf, llinell y gorwel yn aneglur, niwlog lle mae'r mynyddoedd yn cleisio'r awyr. Mae'r ast yn aflonydd, yn trochi'i thraed ar hyd gwely'r afon. Yn codi'i phen o hyd i sbïo. Tyrd, Mari fach, paid ag aros yn fanna drwy'r dydd . . . fedra inna ddim crwydro 'mhellach nes doi di . . . Mae Gwen yn gall. Yn gwneud i mi gywilyddio am ei bod hi'n ufuddhau mor llwyr. Dydi hi'n ddim ond blwydd oed a minnau bron yn dair ar ddeg ond mae doethineb y canrifoedd yn dywyll yn ei llygaid hi.

Mae fy ôl i yn y gwair yn badell hir a phatrwm lês y gwelltglas yn gris-croesig, ddoniol ar fy nghoesau inna.

Rydw i'n boenus, benysgafn — y sgwaryn gwyn yn dew, yn gynnes rhwng fy nghoesau i . . . Gweld Elin 'Refail yn fy meddwl â'i llygaid hi'n goch . . . 'Ti'n mynd yn ddynas go iawn . . . Nid hogan fach wyt ti wedyn . . . Bob mis . . . am weddill dy oes . . .' Dydw i erioed wedi lecio'i llais hi; mae rhywbeth arall fel petae o'n llenwi'i cheg hi'n ogystal â'r geiriau ac mae'i llafariaid hi'n fawr ac yn grwn fel petha-da caled.

Gwres anweledig. Gwres trwm â'i ffrwtian tonnog a pheiriannau'r gwenyn yn troi. Mae caeau Tŷ Calch yn bowdwr o flodau melyn a phlorod o rug ifanc yn britho wyneb y graig. Pam bod raid i mi beidio â bod yn hogan fach heddiw? Fedra i ddim diodda'r gwres, y gwenyn, y poen bol sy'n gwneud fy nghorff i'n drwm. A doedd gan Mam ddim hawl dewis heddiw i deimlo'n sâl chwaith. Mae pawb a phopeth fel petaen nhw wedi cynllwynio hefo'i gilydd yn f'erbyn i. Dydi Emlyn byth wedi cyrraedd yn ei ôl. Dydd Mercher ydi ei ddiwrnod o. Pan fydd o'n dal pen rheswm yn Lle Sêl, weithiau'n cael bargen, ran amla'n cael cam; pan fydd o'n un o'r môr o wynebau dan gapiau stabal sy'n prynu tsips i ginio yng nghaffi Ffred ac yn sefyll wedyn ysgwydd wrth ysgwydd a boddi sŵn y dref hefo lleisiau'r wlad. Mae cerdded yn ôl i gysgod y tŷ fel cerdded i gwmwl a phopeth yn ddistaw, ddi-symud. Dydi'r bwrdd ddim wedi'i osod ac mae'r cetl ar led ymyl, yn sgleinio'n oer. Ond does dim bwys gen i am y te. Rydw i'n tynnu f'esgidiau yng ngwaelod y grisiau am mai esgidiau-bod-allan ydyn nhw a finna wedi bod yn trajio lle bu'r gwartheg ac rydw i'n lecio teimlo'r carped meddal yn cosi bodiau 'nhraed i.

'Mam?' Sibrwd. Rhag ofn ei bod hi'n cysgu. Yn

gobeithio nad ydi hi. Ond does neb yn ateb. Mae'r llofft yn dywyll o hyd am fod y llenni ynghau. Ac mae'r gwely'n wag a'r dillad wedi'u lluchio'n flêr i un ochor fel 'tae hi wedi codi ohono fo ar frys. Wedi'u lluchio i un ochor fel bod y gwely'n agored i gyd. Dyna sut rydw i'n ei weld o. Yn gochddu, laith fel sgrech hir ar hyd y gynfas wen. Mae Mam yn bell o fod yn hanner cant ond mi wn i nad ydi hyn mo'r un peth â fy ngwaed bach i, sy'n bincdod diniwed fel rhosyn yn y glaw. Na, dydi o mo'r un peth. Ac mae gen i ofn gwybod beth ydi o, o achos fy mod i'n ei chlywed hi rŵan, yn y bathrwm ar draws y landin, yn crio'n herciog fel plentyn bach. Hen grio uchel, gwag fel petae hi wedi colli rhywun. Mae'r pnawn yn pylu'n araf tu allan i'r llenni, sy'n dal i symud o achos bod yr awel yn dianc i mewn drwy'r ffenest agored o hyd, yn cario ogla'r haf a synau'r caeau hefo fo. A phob yn ail â'r cnadu swnllyd, hyll sy'n cario ar draws y landin mi fedra i glywed crio-babis yr ŵyn o'r Cae Pella, ac mae'r brefu-isio-mam mor agos, mor drist, mor glir â phetaen nhw yma yn y llain o dan y tŷ.

Ffeiarwyrcs

Mae ogla'r mwg yn yr awyr o hyd. Awyr wen sy'n sur hefo ogla neithiwr. Neithiwr roedd tân gwyllt Fron Olau'n chwalu ar hyd y gofod i gyd, yn garnifal o wreichion a oedd yn dlysach hyd yn oed na'r sêr. Neithiwr roedd yna awyr inc a'r mwg o'r tân yn chwerw-felys, ffres, yn ddiarth a newydd fel ffa coffi. Neithiwr roedd yr oerni'n toddi ar hyd fy mochau i, yn gludio ar fy ngwefusau i fel lolipop rhew. Roedd o'n niwlio'n wyn o'n cegau ni, yn cyrlio, 'run fath â'r mwg. Doedd o ddim yn brifo pennau fy mysedd i fel mae o'n wneud rŵan. Dydi o'n ddim byd rŵan ond hen awel fratiog â'i hewinedd yn cripio 'ngwegil i. Dewin fin nos a gwrach olau dydd. Hen wrach o awel ag ogla sur y ddaear yn llosgi yn drwm ar ei hanadl hi o hyd.

'Dwi'n cael mynd, dydw, Mam? I barti tân gwyllt Fron Olau?'

A mynd ddaru ni i gyd. Luned a Gwyneth, Carol Ann, Elin 'Refail a minnau. Am y byddai yno goelcerth a miri a chwerthin uchel a thatws-trwy'u-crwyn. Am mai parti Aled oedd o. Parti pen-blwydd a oedd yn barti tân gwyllt. Parti yn y tywyllwch a ninnau'n cael gwisgo colur, bod yn hŷn na'n hoed.

'Tyrd o'na,' meddai Elin. 'Mi wna i dy wynab di!'

Wrth fwrdd y gegin. Cyn i ni gychwyn. Blychau bach

blêr o seimiach bob lliw. Bysedd Elin yn oer, yn drwsgwl
a chyflym a'i hanadl yn gynnes ar fy wyneb i. A Mam
yn dweud dim. Yn edrych ar goesau-neilons Elin 'Refail
ac yn gwneud i mi fod isio gwrido, yn gwneud i mi deimlo
mai fi oedd yn eu gwisgo nhw, mai fi oedd yn y sgert dynn,
mai fi ofynnodd am y llygaid pry cop a'r gwefusau coch
a oedd yn cael eu paentio mor gelfydd arna i. Ac roedd
fy mochau i'n cosi, yn teimlo'n fudur dan y colur pinc.

'Fyddi di ddim jyst â rhynnu, dywed, yn y dillad
dawnsio 'na, Elin?'

Emlyn yn dilyn llygaid Mam. Yn gwneud pethau'n
waeth wrth drio gwneud pethau'n well. Neb yn ateb. Neb
yn dweud dim. Sŵn tân gwyllt pobol eraill yn clecian yn
y pellter fel gynnau ciaps.

'Dach chi'ch dwy bron yn barod, ta?'

Fo oedd yn ein danfon ni i'r stryd. At y bws. Yn y fan
sy'n drwm o ogla defaid bob amser. Yn ein danfon at y
lleill, at lle byddai'r bws olaf yn ein danfon yn ein holau
i gyd ar ddiwedd y noson pan oedd y tân gwyllt wedi
darfod. Pethau hyll ydyn nhw — hen ffeiarwyrcs sydd
wedi duo drwyddyn. Maen nhw yma ac acw ar hyd y
caeau heddiw — ein caeau ni a chaeau Tŷ Calch. Yn
llonydd a diarth rhwng y rhedyn, fel carthion o'r gofod.

Neithiwr, mi stwffion ni i gyd i'r sedd gefn. Er mai dim
ond y ni oedd ar y bws. Finna'n teimlo'n heglog yn fy
nghôt drwchus, a phawb arall wedi gwisgo'n debycach
i Elin, wedi gwisgo fel petaen nhw'n mynd i barti go iawn.
Pawb ond Gwyneth. Dim ond y hi a fi wedi'n lapio mewn
dillad gaeaf. Roeddwn i'n edrych arni yng ngolau cras
y bws ac yn ei chasáu. Am fod edrych ar Gwyneth fel
edrych arnaf fi fy hun. Hogan fach wedi methu'n glir ag

edrych fel un o'r genod mawr. Fel un o'r lleill. Y lleill
a oedd yn mynd i'w mwynhau eu hunain, Elin a Luned
a Carol Ann nad oedd eu mamau yn eu siarsio rhag
gweud hyn, llall ac arall. Y lleill nad oedd ganddyn nhw
ofn. Ofn smôc. Ofn gwydr brown potel seidar. Ofn
hogiau. Ofn yr hyn yr oedd yn rhaid ei wneud hefo nhw.
Ofn y cyfan oll a hynny gymaint gwaeth yn y tywyllwch.
Hwnnw oedd yr ofn yn llygaid mawr Gwyneth. Ei llygaid
hi oedd fy llygaid i. Nes i mi gofio. Nes i mi deimlo
f'amrannau'n drioglyd, drwm a blasu'r sent ar fy
ngwefusau. Gwefusau a fyddai'n gadael eu hôl ar stwmp
sigarét, rhimyn gwaedlyd, blêr na fu o erioed yn perthyn
i mi go iawn.

Gwyneth oedd yr unig un a wrthododd. Roedd ei
hwyneb hi'n lân, yn blentynnaidd wyn a'm llygaid innau'n
llosgi oherwydd y mwg, oherwydd y baco'n pigo 'nhafod
i, oherwydd mai wyneb gwyn fel un Gwyneth oedd gen
i hefyd, go iawn. Mae popeth ar y caeau yma heddiw'n
f'atgoffa o'i llygaid tywyll hi — rydw i'n eu gweld nhw
ym mrigau byseddog y Goeden Fawr, yn y rhedyn crin
sy'n ddagrau i gyd dan bwysau'r gwlith. Ac roeddwn
innau, neithiwr, yn trio ymddwyn 'run fath â'r lleill, rhag
i mi fod 'run fath â hi. A wnaeth hithau ddim byd bryd
hynny chwaith, dim ond troi'i phen. Fel ddaru Mam pan
dynnodd Emlyn ein sylw ni i gyd at ddillad Elin.

Roedd y cyffro'n pigo 'nghroen i wrth gamu i lawr o'r
bws. Wrth nesáu at Fron Olau, a ninnau'n cerdded yn
gwlwm bach tynn a'n hysgwyddau ni'n cyffwrdd, roedd
tonnau bach peryglus, braf yn chwalu yn nhwll fy stumog
i, yn malu'n fân ac yn cyrraedd pennau fy mysedd i. 'Run
fath â'r tân gwyllt yn y pellter o'n blaenau ni a hwnnw'n

codi cywilydd ar y sêr wrth ffrothio'n binc trwy'r düwch.

'Ma' Elin â'i llygad ar Aled Fron Olau heno!'

Carol Ann oedd yn herio. Roedd hi eisoes wedi dechrau cyboli hefo Huw Bach, yn edrych ymlaen at gael gwneud yr hyn a wnaethai hefo fo bob amser chwarae ym mhen draw caeau'r ysgol. Roedd hi wedi crafu'i gwallt yn ôl oddi ar ei hwyneb bach a gwnâi hyn iddo edrych yn llai fyth, i'w gên fain edrych yn feinach, i'w llinellau pensil o wefusau edrych yn gulach. Edrychai fel ellyll yng ngoleuni'r stryd. Roedden nhw i gyd wedi meddwl am rywun i'w rwydo — Carol Ann ac Elin a hyd yn oed Luned. Yn trafod a chymharu a datgelu cyfrinachau caru. A Gwyneth a minnau â dim i'w gyfrannu, a'n hadlewyrchiadau ni'n dywyll yn y gwydr wrth i ni basio ffenest siop Wilias Cemist, yn cael eu cario rhwng ysgwyddau'r lleill fel ysbrydion cloff. Nes dywedodd Elin yn sydyn, annisgwyl:

'A be' amdanat ti, Mari? 'Dan ni'm 'di dy glywad di'n sôn am neb!'

'Els fasa'n gneud i ti. Neu Mei,' meddai Luned. Yn enwi'r hogiau na fasai hi mo'u heisio.

'Ych a fi! Naci Tad!' A rŵan roedd fy llais i fel eu lleisiau nhw, yn wich o brotest ac yn troi'n chwerthin gwirion drachefn. Hen chwerthin-ragar-rug hyll a'm gwnâi'n un ohonyn nhw eto, yn pigo cefn fy ngwddw i fel blas y sigarét honno funudau'n ôl.

'Aled Fron Olau mae Mari'n ei ffansïo hefyd, go iawn!' meddai Carol Ann yn slei, ei hwyneb yn berlog, lwyd; wyneb angel gwenithfaen â rhywun digrefydd wedi cerfio'r llygaid.

Doedd neb wedi gofyn i Gwyneth. Roedd hi'n dal i

fod ar y tu allan, yn gwisgo'i diniweidrwydd fel haenen o ddillad gaeaf rhag i ddim byd ei chyffwrdd.

'Ew, sbïwch llosgi'n dda ma'r tân yn barod!'

Elin agorodd y giât a'n harwain i berfedd y gwres a'r clecian a'r miri a'r mwg. Roedd hi fel petaem ni i gyd wedi cael ein chwalu oddi wrth ein gilydd o'r munud hwnnw. Yn rhywle roedd yna fiwsig ac roedd y golau o ffenest y gegin gefn yn sgwâr a sefydlog yn y pellter, o waelod yr ardd lle'r oedd y fflamau'n chwipio trwy'i gilydd fel cynffonnau gwiberod. Roedd y tân yn paentio'n hwynebau ni i gyd, yn ein troi'n fodau eraill, yn ein gwneud ni'n anhysbys ac yn ein meddwi hefo'i fwg glas.

'Ti isio dawnsio?'

Miwsig dros yr ardd i gyd. Ffenest y gegin yn bell, bell fel goleudy mewn niwl. Els oedd o, a dim Els oedd o chwaith, ond corffyn hir, main yn cordeddu drwy'r mwg, yn ddiarth heb ei iwnifform ysgol a'i fag ar ei ysgwydd a'r inc yn cleisio'i ddwylo fo. Ond fedrwn i ddim gweld lliw ei ddwylo fo neithiwr, na lliw ei wyneb o chwaith. Cysgod myglyd, hanner-cyfarwydd oedd o, ag ogla hogyn ysgol arno fo. Ac roedd ei wefusau fo'n llaith fel cledrau'i ddwylo fo, yn fy nhynnu fi i mewn i fyd ansicr, newydd nad oeddwn i'n barod amdano fo, fel Elin yn fy nhynnu drwy'r giât i'r ardd gynnau gerfydd llawes fy nghôt. Wyddwn i ddim sut i fwynhau'r gusan honno ond mi fydd hi'n staen bach gwlyb ar fy nghof i am byth, mi wn, fel y dwrn bach hwnnw o damprwydd yn y llofft gefn yn nhŷ Nain sy'n ei wthio'i hun trwy'r papur o'r crac yn y wal ac yn melynu'r blodau bach pinc o'i gwmpas. Ac mi fydd wyneb Gwyneth yno hefyd, ond un o'r darnau gwyn yn y papur fydd hwnnw, yn lân a heb ei gyffwrdd. Fel roedd

o neithiwr a finnau'n ei gweld hi drwy gornel fy llygad
yn ein gwylio ni'n dau. Yn gwylio'n ddiwyro, ddigywilydd
a'r tân yn clecian rhyngddon ni. Pam bod ei hwyneb hi
mor glir pan nad oedd wynebau pawb arall yn ddim byd
ond staeniau pell fel olion bodiau yn y tywyllwch? Roedd
hi'n sefyll yno â'i llygaid mawr a'i chroen yn dryloyw bron,
fel asgwrn wedi'i chwipio'n wyn. Yn fy herio'n ddiniwed
i wthio Els i ffwrdd, yn gwybod mai dyna a ddymunwn,
yn gwybod na feiddiwn i ddim, na fynnwn i ddim
cydnabod mai cuddio yr un fath â hi yr oeddwn i isio'i
wneud go iawn. Ac roedd ei gwallt hi'n edrych yn wyn
hefyd yng ngolau'r goelcerth. Er mai melyn ydi o. Melyn
mêl cartra wedi setio'n siwgwr. 'Run lliw â gwallt Mam.

'Helo 'na! Fanna ti'n cuddio, ia?'

Mae Emlyn a'r cŵn tu arall i'r clawdd yn hel y defaid
i lawr. Dydi o ddim yn un hawdd i'w weld trwy fylchau
mewn drain o achos mai rhyw liwiau-twyllo-llwynogod
sydd ar ei ddillad o i gyd.

'Dwi'n rhyw ama bod dy fam ar hwyl gneud panad
ddeg!'

'Iawn. Ddo i i lawr at tŷ ta.'

'Ma'r hen ffeiarwyrcs felltith 'ma hyd lle'n bob man
bora 'ma! Hyd llain a chwbwl. Peryg bywyd i ddyn ac
anifa'l 'sa ti'n gofyn i mi! Pobol yn llosgi pres a dim byd
arall!'

'Esgob, ti'n traethu, Emlyn! 'Sa ti 'di'u gweld nhw
neithiwr — fath â sêr bob lliw. Deud y gwir mi oeddan
nhw'n ddelach na sêr!'

'Choelia i fawr, chan! Ffeiriwn i monyn nhw am y sêr
go iawn, dallta. Losgith rheiny byth allan na disgyn am
dy ben di chwaith. A mi ddeuda i beth arall wrthat ti.'

'Be'?'

'Ma' nhw'n rhad ac am ddim ac ar gael rownd y flwyddyn heb i ti orfod mynd i ryw hen barti i gael cip arnyn nhw!'

Tynnu coes mae o ac mae'i lais o'n llawn chwerthin ac mi wela i gip ar ei gap o rŵan rhwng y bwlch yn y clawdd wrth iddo ei gwneud hi i lawr am y tŷ. Mi fydd panad yn werth ei chael ar ôl oeri wrth hel fy nhraed o gwmpas y caeau 'ma ac rydw i'n dechrau rhedeg er mwyn dangos y medra innau gael blaen arno fynta hefyd. Ond mi wn i mai Emlyn sy'n iawn ynglŷn â'r ffeiarwyrcs. Ynglŷn â'r rhan fwyaf o bethau, a dweud y gwir. Y pethau sy'n cyfri go iawn. Ac rydw innau'n falch mai fi ydw i hefyd, ac nid Carol Ann na Luned nac Elin 'Refail. Na Gwyneth chwaith, o ran hynny. O achos bod gen i fwy o hawl ar y sêr go iawn na'r un ohonyn nhw. Wn i ddim ydi Elin 'Refail yn gwybod a ydyn nhw'n bod.

Mwclis y Glaw

Mi fydda i'n mynd i'r coleg ymhen llai nag wythnos ac mi fydd Nain yn symud i fyw i fynglo pensiwnîar. Mi fyddai hi'n cadw pobol ddiarth ers talwm. Ers talwm, pan oedd y môr yn lân a'r mwyar duon yn sbecian o'r cloddiau fel ll'gada tedi bêr. Mae hi'n cael ambell gardyn Dolig gan rai o'r fisitors o hyd, pobol o ochrau Lerpwl a fyddai'n cyrraedd mewn tacsi i brofi'i theisen 'fala hi ac i lowcio'r gwynt o'r môr. Dyna pam bod yma gymaint o stafelloedd, cymaint o ddodrefn; dodrefn trymion yr oes o'r blaen — byrddau glás â matiau bach lês arnyn nhw, gwelyau uchel hefo fframiau haearn, cypyrddau dillad o dderw du. Maen nhw yma fel delwau yn llenwi'i thŷ hi. Yma o hyd. Ers dyddiau'r bobol ddiarth. Mae pry wedi mynd i rai ohonyn nhw bellach, hen bry bach caled, du sy'n clecian yn erbyn y coedyn wrth i chi bwyso'ch bys arno fo. Mi fedrwch chi ddweud ar eich union ym mha rai mae o — mae yna byllau bach o lwch oddi tanyn nhw weithiau yn felyn ar hyd y carped 'run fath â bod rhywun wedi troi pot pupur.

'Lle 'dach chi isio dechra, Nain?'

Mae hi wedi fy nghlywed i ond dydi hi ddim fel petai hi eisiau fy ateb i. Hyd yn oed heddiw mae yna sglein gwyn ar hyd canllaw'r grisiau. Nain bach, i be' dach chi isio dal i llnau a chitha'n symud o'ma ddiwadd yr wsnos? Ond fedra i ddim gofyn hynny o achos bod y cwestiwn wedi gludio yn rhywle yn fy mhen i.

'Ogla da ar ych polish chi, does?'

Ogla siarp y cŵyr ar goedyn sy'n dywyll a gwydrog.

'Ma' 'na dipyn o waith gwagio drorau tua'r llofftydd 'cw os leci di, Mari.'

A'r rheiny'n llawn o hen ddilladau wedi'u plygu'n denau rhwng haenau o bapur sidan. Wedi eu cadw fel newydd er eu bod nhw'n hen. Mae coler ambell flows wedi dechrau melynu am fod Amser yn drech na phopeth a does yna ddim awyr iach mewn drôr. Dim ond ogla dŵr rhosyn a lafant sydd fel pentwr o hafau-ers-talwm wedi eu lapio hefo'i gilydd a'u cadw, rhag ofn.

'Chi ydi hon yn y llun 'ma, ia?'

Merch ifanc a gwallt 'dat ei hysgwyddau a'i gwasg yn fain mewn ffrog flodeuog.

'Rôn i'r un oed ag yr wyt ti rŵan pan dynnwyd hwnna.'

Er mai llun o Nain yn hogan ydi o a finna erioed wedi'i weld o'r blaen dydi o ddim yn ddiarth rhywsut. Mae'r ferch yn y llun mor gyfarwydd â phe bawn i'n syllu arna i fy hun.

'Pobol yn deud o hyd 'mod i'r un ffunud â chi.'

Llun bach del a hithau'n gwenu a chreigiau'r penrhyn yn gefndir pell iddo. Diwrnod o haf mewn du a gwyn a Nain yn ddeunaw oed.

'Diwrnod carnifal oedd hi, sti, a hithau'n od o braf.'

Mae hi'n gwenu atgofion, yn byseddu hoff lun fy nhaid ohoni, yn gwybod yn dawel nad oes dim diben ei ddychwelyd i'r drôr.

'Mi briodon ni'r wythnos wedyn, sti.'

'Esgob, ifanc oeddach chi!'

'Ia, debyg, Ond doeddan ni ddim yn meddwl felly 'radag honno. Ches i 'rioed gyfla i fynd i'r coleg ac ati 'run fath â chdi rŵan. Priodi a rhedag cartra — felly byddai hi ers talwm. Doedd 'na fawr o ddewis i ni'r merchaid.'

'Fasach chi wedi lecio?'

'Be', 'mechan i?'

'Cael dewis.'

Mae hi'n gwagio'r drôr ar y gwely, yn anwesu botymau a choleri. Y rhain oedd hi'n eu gwisgo pan oedd hi'n ifanc a main. Dillad ifanc wedi heneiddio. Mae cefn ei llaw hi wedi mynd yn smotiog fel ŵy gwylan; llaw fechan, dwt; llaw-tynnu-oen fasai Emlyn yn ei galw hi.

'Feddylis i fawr am y peth, wyddost ti.'

Mae hi'n sythu'i chefn am ennyd, yn gwylio'r tonnau. Mae'r gwynt yn chwibanu trwy'i ddannedd, yn hel blaenau'i ewinedd yn ysgafn ar hyd y ffenestri; dwy ffenest hir a'u gwydrau nhw'n bŵl fel hen sbectol. Feddyliodd Luned fawr am y peth chwaith. Am fynd i'r coleg. Mi adawodd hi'r ysgol yn bymtheg oed a mynd i weithio i Huw Wilias yn Manchester House. 'Ar yr habyrdashyri fydda i.' Dyna ddywedodd hi'n grand i gyd. Cownter hefo drôr o rîls-edau-bob-lliw a rholiau o lastig blwmar. A Wilias ei hun ar y cownter yr ochor arall yn gwerthu 'sgidiau mawr ac ofarôls i ffarmwrs. Luned yn ei blows wen a'i lipstic rhad â'i llygad o'r dechrau un ar gael dyrchafiad i swydd Miss Jôs pan fyddai honno'n riteirio, i fyny'r grisiau lle'r oedd y dillad-merched-tew a'r ffenest fawr â'r sgwennu arni yn sbio i lawr ar y stryd. Pharodd hi ddim diwrnod yno yn ei sodlau uchel. Mae hi'n mynd i'w gwaith bob dydd rŵan â phâr o hen fflachod am ei thraed 'run fath â Miss Jôs. Mi rydw i wedi dweud wrthi y bydd ganddi goesau fel Miss Jôs hefyd pan eith hi'n hen, coesau fêns ar ôl bod yn sefyll yn y siop yn rhy hir, yn wythiennog fel cefnau dail tafol. Ond dydi Luned ddim yn poeni. Dydi hi ddim yn bwriadu bod yno cyn hired â hynny, meddai hi.

'Oeddach chi'n arfar gwisgo sodlau uchel, Nain?'

'Uchel? Bobol, oeddwn. Rhai uchel go-iawn, sti. A'r rheiny'n fain fel penslis!' Mae'r gwely'n gwichian wrth iddi eistedd ar ei erchwyn o. 'A mi oeddwn inna'n fain hefyd, dallta. Meinach o beth coblyn nag wyt ti rŵan. Mi oedd dy daid yn medru rhoi ei ddwy law am 'y nghanol i a'r rheiny'n cyrraedd ei gilydd yn braf!'

Mae hyd yn oed sliperi gwlanog yn dynn am ei thraed hi rŵan. Rydw i'n edrych arni'n hir. Mae gen i ofn mynd yn hen. Ofn marw a bod yn ddim byd wedyn heblaw llun mewn drôr neu enw ar garreg. Rydw i'n edrych fel byddai Nain ers talwm. Rhyw ddiwrnod mi fydda i fel mae hi rŵan. Mae'r holl hen bethau o fy nghwmpas i'n codi'r felan arna i, yn cyffwrdd rhywbeth yn fy mherfedd i fel petaen nhw'n ysbrydion.

'Meddyliwch braf fydd hi arnoch chi, Nain. Ar ôl i chi symud. Bynglo bach clyd a phobol yn byw drws nesa a dim gwerth o waith llnau na dim i chi.'

Dim ond rŵan, wrth iddi godi at y ffenest, yr ydw i'n sylwi faint yn union y mae ei hysgwyddau hi wedi disgyn. Mae hi'n drachtio'r olygfa o'i blaen fel petai'r cyfan yn newydd sbon iddi. Wn i ddim beth faswn i'n ei ddweud wrthi rŵan tasai hi'n crio.

'Fasa dim gwell i ni styrio, 'dwch, Nain? Mi fydd Yncl Ifan yma toc, meddach chi, i fynd â dodran y llofft ffrynt 'ma i'r lle sêl.'

'Sbia'r môr 'ma heddiw, Mari. Yli gwyllt ydi o. Fydda

i byth yn blino edrach arno fo, wyddost ti, er i mi dreulio mwy na hannar f'oes yn ei olwg o.'

Môr mis Medi ydi o, a'r gwylanod yn glynu ar ei gefn o fel petaen nhw'n cydio wrth gnu rhyw hen ddafad flêr. Mae hi'n ddiwedd tymor y fisitors, yn amser i'r plant fynd yn eu holau i'r ysgol. Ar wahân i Bobol y Mwyar Duon, chadal â Nain. Mi fyddai hi'n cael rhyw hanner dwsin o'r rheiny bob blwyddyn. Pobol mewn oed, yn aeddfed 'fath â'r ha, a Nain mewn ffrog a ffedog drosti a'r gegin gefn yn gynnes gydag ogla brecwast. Roedden nhw'n dotio at lanweithdra'i bwrdd hi, at wynder y lliain, at flas y te mewn cwpanau tenau. A'r olygfa o'r bae wedyn o'r ffenestri ffrynt. Doedd o'n wych, 'dwch, meddan nhw'n gegrwth am na welson nhw erioed ddim byd o ffenestri eu tai gartref heblaw am erddi pobol eraill a oedd yn union yr un fath â'u gerddi nhw'u hunain. 'Lein ddillad y bobol drws nesa ydi'r unig beth maen nhw'n ei weld o un diwrnod i'r llall, sti, Mari!' Pobol o stadau ar gyrion trefi oedden nhw'n aml, a phleser anghyffredin iddyn nhw oedd cael meddwi ar awyr y môr. Ac mi fyddai hithau wrth ei bodd wedyn yn cael dweud y dylen nhw'i weld o gefn drymedd gaeaf, ta, pan oedd o'n llwyd ac yn llarpiog ac yn ddrama i gyd.

'Dach chi'n cofio chi'n deud hanas yr hogyn bach fisitor 'na'n disgyn o ben piar, Nain? A Miss Edwards Home Lea yn stripio 'dat 'i staes a neidio i mewn i'w achub o!'

'Cofio fel ddoe, hogan. Mi welodd dy daid a fi'r cwbwl o'r fan hyn!' Mae'r atgof yn chwerthin yn ei llygaid hi. 'Mi oedd yr hen Fiss Edwards yn goblyn o nofrag. Dynas fawr gre, cofia di, ond roedd hi 'fath â sliwan yn dŵr,

meddan nhw. Un o genod y Land Armi amsar rhyfal —
dreifio landrofars 'fath â dyn!'

Un dda ydi Nain am ddweud stori. Mae hi'n medru
bod yn ddwys ac yn ddoniol ar yr un pryd a'i llygaid hi'n
arian byw. Fuo yna erioed ddim byd yn ddynol ynddi
hi fel yn Miss Edwards Home Lea. Rhyw nodweddion
tyner sydd ynddi i gyd — hwiangerddi a blodau a phelenni
bach o aur yn erbyn ei chlustiau hi. Mae'i hwyneb hi'n
heneiddio'n dlws, yn gwneud i mi feddwl am haul gwan
yn llenwi ystafell ar derfyn dydd. Felly mae o heddiw
hefyd — hen ŵr o haul a'i lygaid o'n dyfrio.

Mae yna dwrw sydyn o dan y ffenest. Yncl Ifan a'r fan-
cario-dodrefn, yn gryndod o ddrysau a pheipen egsôst.
Hen dwrw trwm yn chwalu'r hud. Mae brawd Anti Enid
hefo fo. Dwylath main â thraed 'fath â phlisman. Un da
i gario wardrobs.

'Uwadd! Ma' Mari yma 'chan. Sut wyt ti, 'mechan i?
Mam! Gwrandwch. A i â'r petha o'r llofft ffrynt heddiw
'ma, ylwch. Ma' Alff 'ma am roi hand i mi. Alff, gafa'l
yn hwnna hefo fi, washi. Ia, yr un ucha 'na. Na fo. Ffor'
ma, yli, Côd ymyl y carpad 'na iddo fo, Mari. Na fo.
Champion. Awê, ta, boi!'

Mae Ifan yn fwg ac yn dân. Dydi o mo'r un un heb
Enid yn ei wylio fo. Mae'r ddwy ohonon ni'n sefyll o flaen
y ffenest yn gwylio'r fan yn llyncu dodrefn y llofft ffrynt
i gyd.

'Ddo i i edrach amdanoch chi eto cyn i mi fynd, Nain.'
'Gofala di rŵan.'
'Mi fyddwch chi yn y bynglo erbyn hynny, ma' siŵr.'
'Bydda' ma' siŵr.'
'Mam?' O waelod y grisiau. 'Sgynnoch chi rwbath i mi

fynd i Nymbar Ffôr heddiw, ta be? Ma' rhaid i mi alw
heibio ffor'no beth bynnag er mwyn rhoi pás adra i Alff.'

Rydw inna hefyd yn cael cynnig 'pás adra'. Rhag i
Emlyn orfod llusgo allan yr holl ffordd, meddai Ifan yn
hael. Rydan ni'n gadael Nain yn sefyll, yn fechan fach,
yn nrws y ffrynt. Mae hi'n gwneud rhyw hen gawodydd
sydyn, mwclis mawr o law a'r gwynt o'r môr yn eu
chwipio nhw ymaith fel petaen nhw erioed wedi bod. Mae
yna ddau lond bocs o ornaments i'w gadael yn y tŷ
newydd.

'Cymra bwyll hefo nhw, Mari. 'Ma' 'na bob matha o
drugaredda dy nain yn rheinia. Fasa hi ddim yn maddau
i ni tasa'r llestri te a'r tacla Staffordshire 'na'n cael clec!'

'Be', y ddau geffyl gwyn 'na? Ydy'r rheiny yn y bocsys?'

'Ydyn, am wn i. Pam?'

'Mi edrychan nhw'n od yn fama.'

Yn y bynglo bach twt yma, a dim ond lled teilsen o
silff-ben-tân. Mae'n dda na ddaeth Alff ddim i mewn.
Mi fasai'i ben o'n crafu yn erbyn y to.

'Duwadd, tybad?'

Ond dydi o ddim yn deall. Dydan ni'n ddim ond dwy
filltir tu draw i'r pentref ond mae ogla'r awyr yn wahanol.
Ogla dim byd arno fo. Dim heli. Dim gwymon. Dim ond
tai bach unllawr, clós at ei gilydd a'u ffenestri nhw'n lân
a'u gerddi nhw'n dwt. Gerddi-ffunen-boced a lein ddillad
ym mhob un.

'Iawn, ta, Mari. Neidia i'r fan yn reit handi, 'mechan
i. Rhaid gollwng rhain yn iard sêl cyn pump.'

Y dodrefn trymion, llonydd nad ydyn nhw'n perthyn
i heddiw, i'r fan hyn lle mae'r toeau'n isel, lle mae'r

stafelloedd yn fach ac yn hawdd i'w llnau, lle nad oes canllawiau grisiau.

'Mi fydd yn braf arni rŵan, sti, Mari. Llai o helbul iddi hi'i hun ac i bawb arall.'

Wn i ddim a ydi o'n disgwyl i mi ei ateb ai peidio. Felly rydw i'n dringo i'r fan heb ddweud dim byd. Tanio a chychwyn a thwrw egsôst. Ac mae'r haul yn gwenu trwy'i ddagrau arnan ni nes i Ifan roi weipar y windsgrin ymlaen a chwalu mwclis y glaw.

Priodas Wen

Seddi capel a'r rheiny'n oer, oer ac yn llithrig fel gwydr.
Gweld yr haul fel cysgod melyn tu allan i'r ffenestri hir
ac yn cael ei wthio yn ei ôl gan gymylau o chwareli
patrymog . . . Gweld y fynwent lle mae Taid a'r pwt o
ysgrifen diweddarach ar waelod y garreg sy'n gwneud i'r
llythrennau cynt edrych yn dreuliedig a budur fel hen
geiniogau: 'Hefyd ei briod annwyl, Ellen.' Paent aur
newydd ar hen farmor a'r daffodils ifanc sy'n gwyro ac
yn 'mestyn trwy dyllau'r pot blodau fel sbrencs o laeth
enwyn ar hyd y garreg lefn. Dyna un o'r pethau y dylwn
ei gofio gyntaf wrth feddwl amdani — y llaeth enwyn a
gadwodd ei chroen hi ar hyd y blynyddoedd cyn llyfned
â bochau babi. Llaeth enwyn a chyflath a menyn cartra.
Dyna'r pethau y dylwn i eu cofio'n syth. Ond am y rhosys
y bydda i'n meddwl gyntaf bob tro, ogla'u pincdod nhw'n
ysgafn o waelod yr ardd pan oedd gwlith gyda'r-nos-o-
haf arnyn nhw. Wrth i mi feddwl am Nain. Am Nain a
fu'n 'Neli' ers 'rioed nes i'w henw hi oeri hefo hi dan
gaead yr arch. Nain a fydd yn 'Ellen' rŵan mewn
llythrennau lliw aur tan ddiwedd y byd. Mae yna ryw
grandrwydd rhyfedd weithiau yn yr hyn sy'n ddiarth, yn
yr anghyfarwydd. Ac mae'n well gen i rywsut mai 'Ellen'
ydi'r nain a fu farw. O achos bod y nain a oedd yn 'Neli'
yn rhy fyw yn fy nghof i o hyd.

Yma y priododd hithau hefyd. Drysau Capal Bach oedd yn fframio llun eu priodas hwythau: Taid â'i ên yn uchel a phopeth ynglŷn â Nain yn lanwaith a main — o fodis ei ffrog hyd at flaenau'i hesgidiau hi. Pam bod traed merched yn draed Tylwyth Teg ar y diwrnod y byddan nhw'n priodi? Felly roedd rhai Mam hefyd yn y llun ohoni hi ac Emlyn. Fel mae fy rhai i rŵan, wedi eu pinsio'n daclus rhwng blaenau main fy sliperi sidan. Mae'r rheiny'n ariannog wyn, yn llyfn fel y tu mewn i gragen fôr, yn gwasgu fy modiau i'n glòs at ei gilydd. Ond rhyw frifo braf ydi o, poen yr ydw i'n dewis ei ddioddef, gwefr fach dynn na fynnwn i ddim bod heb ei phrofi.

'Tro rownd, 'mechan i, i mi gael dy weld di'n iawn.'

Erbyn hyn mi ddylwn i fod wedi arfer gweld llygaid Mam yn sgleinio. Dagrau dirodres fu ei dagrau hi erioed. Ac mae ganddi hi ryw ddawn o dynnu'r dwyster yn ei ôl i'w llygaid rhag iddi grio go-iawn. Gweithred ddistaw, ddisylw — 'run fath â'r gwlith yn codi. Ac ni fedraf yn fy myw gofio sut esgidiau oedd ganddi hi pan briododd hi â 'Nhad. Dydw i ddim yn cofio'r llun, dim ond cofio lle'r oedd o'n arfer bod, ar dop y biano. Piano dywyll, drom â sglein arni fel cyflath yn oeri. Mae hyd yn oed honno wedi mynd bellach, er iddi adael ei hôl yn hirsgwar yn y carped am fisoedd maith.

'Cofia godi dy floda at dy ganol pan gei di dynnu dy lun! Paid â'u dal nhw'n rhy isel rŵan!'

Enid, gwraig Yncl Ifan, yn dal i brepian a swnian fel roedd hi flynyddoedd cyn hyn a finna'n sbïo i mewn arnyn nhw drwy ffenest y gegin a 'nhrwyn i'n fferru yn erbyn y gwydr. Mae Enid yn eiddilach, a'i chroen hi'n hŷn, ond yr un ogla sydd ar y blodau. Ffrîsias. Rhosys. Yn wlithog

oer. Pethau pêr, bryhoedlog ydyn nhw. Pethau dros dro.
Pam felly bod gorffennol rhywun ynghlwm wrth bersawr
pob un ohonyn nhw? Pam bod anadlu eu gwyryfdod nhw
fel petawn i'n codi ysbrydion?

'Hwda — cym' fenthyg hon. Mi ddaw â lwc i ti, yli!'
Hancas lês. Dydi Enid ddim yn ddrwg i gyd. Mi oedd
hi ers talwm. Ond plentyn oeddwn innau hefyd. Ers
talwm. Rydw i'n codi godre'r ffrog a chuddio'r ffunen
fach wen tu mewn i dop fy hosan. Mi fydd hi yno rŵan
drwy'r dydd. Yn cosi'r croen gwyn ar fy nghlun i heb i
neb ei gweld hi. Mae rhyw wewyr moethus mewn teimlo
lês nesa at y croen, mewn byseddu oerni newydd dillad
isa cyn eu gwisgo'n araf a gadael i'ch corff eu cynhesu.
Ac mi wn i na wêl neb o'r gwesteion heddiw mo fy nillad
isa lês i chwaith. Maen nhw ynghudd 'run fath â'r ffunen,
yn gogleisio'n gelfydd fel bysedd carwr. Dydi Mam ddim
hyd yn oed wedi eu gweld nhw amdana i. Dydi hi ddim
wedi fy ngweld i ar ddydd fy mhriodas fel y gwelais i hi.
Ddim wedi fy ngwisgo i fel y gwisgais i hi. Dim ond i
un y mynnaf ddangos fy noethni heddiw, ac roedd hithau
bryd hynny'n rhannu'r cyfan â mi tra 'mod innau mor
gyndyn o'i rhannu hi â neb. Un arall o'r cyfrinachau
hynny, tybed, y dof i eto i'w deall rhyw ddydd?

Mae hi'n dlws heddiw, a'i thraed hi'n ysgafn o hyd tra
bod ymchwydd canol oed yn llenwi esgidiau Enid. Ac
mae hi mewn glas eto. Glas tywyllach na'r glas y priododd
hi Emlyn ynddo. Mae'n rhyfedd gweld ei gwisg hi wedi
tywyllu er bod y glas yn ei llygaid hi wedi gwanio fel awyr
ddiwedd Medi. Ai dyma'r wefr a deimlodd hi? A
deimlodd Nain? A deimlodd Luned chwe mis yn ôl pan
briododd hi ag Arthur 'Wern' a'r cylch blodau ar ei phen

hi'n f'atgoffa i o'r blodau menyn ar gaeau Tŷ Calch a'r cadwyni o lygad-y-dydd y buon ni'n eu plethu trwy walltiau'n gilydd? Merch fach ei chefnder yn forwyn iddi, yn gringoch frychni-haul fel bu Luned ei hun yn wyth oed. Merch y cefnder a'i rhoddodd i ffwrdd. Organ a blodau a ninnau i gyd yn hŷn. Pethau wedi newid ond heb newid chwaith, Luned yn dal heb dad a minnau hefo dau.

'Ydi Mari wedi sôn rwbath ynglŷn â phwy ma' hi'i isio i'w rhoi hi i ffwrdd?'

Mam yn siarad yn bwyllog, dawel fel bydd hi wrth drio gwneud i bethau chwithig swnio'n ffeindiach. Chlywn i ddim synau eraill, heblaw am anadlu arferol y stof yn y gegin a'm hanadl innau'n trymhau wrth i mi glustfeinio.

Roedd hi'n dywydd rhyfedd y diwrnod hwnnw. Bwrw glaw'n ysgafn bob yn ail â pheidio er na chiliodd yr haul. Cawodydd o haul oedden nhw, yn chwysu ar hyd y ffenestri.

'Naddo, chlywis i moni'n deud dim.' Llais Emlyn yr un mor bwyllog, yr un mor dawel. 'Mi fedri di ddallt, medri, tasa hi'n gofyn i Gwyn. Fo ydi'i thad hi, wedi'r cwbwl.'

'Ella basa hi'n well i mi ofyn iddi, Em. Mi ddyla'i bod hi wedi penderfynu erbyn hyn, wyddost ti.'

'Paid â phwyso ar yr hogan. Ei diwrnod hi ydi o. A fedar o'm bod yn hawdd arni hitha chwaith, sti. Petha fel ma'n nhw, felly, te?'

Twrw llwy mewn cwpan de. Coes ei gadair o'n crafu ar hyd y teils. A distawrwydd. Twrw dim byd. Distawrwydd yn pwmpio drwy 'nghlustiau i fel cloc yn tician. Yn f'atgoffa o'r eneth fach droednoeth honno ers talwm a safodd yn yr un lle'n union tu allan i ddrws y gegin yn pletio plygion ei choban o'i blaen, yn mygu yn sŵn ei hanadl ei hun. Yr eneth fach honno nad eith hi byth a 'ngadael i'n llwyr. Wrth i mi ddringo'r grisiau ym Mryn Eira y hi ydw i o hyd, wrth osgoi pob gris sy'n gwichian dan draed, wrth osgoi murmur y lleisiau sy'n gwasgu dan y drws.

Mae Emlyn wedi'n cynnal ni'n dwy hefo'i resymeg dawel a'i ddwylo rhychiog, caled, dwylo sydd wedi cael eu cerfio gan y tywydd, bysedd rhisglog sydd wedi cael eu paentio gan y tir. Mae yna olion tywyll ym mhlygiadau'r croen na wnaiff dŵr a sebon byth fistar arnyn nhw; ddôn nhw byth cyn laned â dwylo 'Nhad. Mae'r rheiny'n welw a llyfn fel tudalennau llyfr. Am lyfnder llyfr newydd-sbon y bydda i'n meddwl wrth gofio'i ddwylo fo. Mi anfonodd o bentyrrau o lyfrau i mi ar hyd y blynyddoedd. Mi fwydodd fy mreuddwydion i â pharseli trymion, brown a'r llinyn yn dynn amdanyn nhw. Llyfrau lliw wedi'u lapio mewn papur llwyd, llais wedi'i dywallt drwy wifren ffôn — roedd fy nhad yn anweledig am gyfnodau maith, fel pe bai yntau hefyd yn gymeriad rhwng dau glawr.

Bryd hynny roedd y byd o'n cwmpas ni yn stori mewn lluniau lliw. Roedd y gwrachod i gyd mewn du a'r Tylwyth Teg mewn gwyn. Angladdau a cherrig beddi; cês dillad wedi'i bacio a drws y ffrynt yn clepian; gwely Mam yn gwichian dan bwysau estron. Mae'r atgofion fel llythrennau breision, a golau dydd a haul a barrug a gwlith yn ddalen lân yn eu dal nhw i gyd — blodau menyn a gwallt fy mam a daffodils a chrempogau. Mae'r lluniau yn gloynna drwy fy nghof i ar eu hadenydd bach papur;

gloynnod o'r gorffennol, yn fregus, frau. A heddiw mae hi'n amser i mi eu rhyddhau nhw i gyd. Fedrwch chi ddim cadw rhywbeth byw dan gaead am byth a dal i ddisgwyl iddo fo anadlu, na fedrwch? Fel glöyn byw mewn pot jam?

'Ti'n iawn?'

'Ydw.' Ydw i, tybed? Oedd Nain a Mam a Luned? Ai'r gloynnod yn fy mhen i sydd yn fy stumog i hefyd?

Mae hi'n gul i gerdded i lawr rhwng y seddi. Y seddi gwydrog, llithrig, oer. Mae peisiau'r ffrog yn gwmpasog, yn blygion llaethog, llaes sy'n boddi'n traed ni'n dau. Ac mae'r haul yma o hyd, yn dal i frwydro yn erbyn y chwareli hir, yn gwynnu'r gyrlen ar wegil Mam. Rydan ni'n symud fesul cam, yn araf bach, fel petaen ni'n gwasgu nodau'r organ i'r llawr hefo'n traed. Gweld corun moel Yncl Ifan a chefn Enid yn llydan, yn llenwi'r sedd. A Luned. Luned mewn gwyrdd a rhwd hydrefol y rhedyn yn ei gwallt hi o hyd. Luned a'r bocs bach conffeti ym mhlygion ei menyg hi. Un arw ydi hi am luchio conffeti. Mi fydd hi'n ysu am gael gwagio cynnwys y bocs am ein pennau ni i gyd, mi wn, ac mi fydd o'n llenwi'r awyr fel eira â darnau pinc ynddo fo, a'r rheiny'r un lliw â'r bybl gym hwnnw yn Siop Jên Ann ers talwm. Ac mi nofith y cwbwl o gwmpas ein pennau ni fel petae Luned wedi gollwng pob pili pala yn y byd yn rhydd i'r un lle ar yr un pryd. Ai meddwl am hynny, tybed, ynteu ai sylwi ar yr hyn sy'n siffrwd yn las ar draws llygaid Mam wrth iddi droi i edrych arnan ni sy'n peri i mi afael ym mraich Emlyn mor dynn?